The 65-Storey Treehouse
瘋狂樹屋65層
驚奇時空歷險記

安迪‧格里菲斯 Andy Griffiths 著

泰瑞‧丹頓 Terry Denton 繪

廖綉玉 譯

目次

推薦序　培養想像和創造力的第一選擇　7

　　　　在錯誤與雜亂的組合下碰撞出熱鬧的創意　10

第1章　瘋狂樹屋六十五層　13

第2章　螞蟻來襲！　41

第3章　吉兒來解圍　63

第4章　檢查員泡泡紙先生　95

第5章　史前綠藻　119

第6章　與恐龍共舞　141

第7章　石器時代美術學校　171

第8章　瘋狂木乃伊　197

第9章　戰車競賽　237

第10章　未來　265

第11章　未來的未來　297

第12章　回到現在　325

第13章　結局　357

培養想像和創造力的第一選擇

◎ 林怡辰（彰化土庫國小教師）

　　長期推動閱讀以來，關於童書如何選擇，有一個我常用的方法，有效且精準、直觀且正中紅心：「直接問孩子！」

　　於是，收到「瘋狂樹屋」系列，詢問高年級的孩子，競爭激烈得出勝利者後，隔天我問：「如何？」「超好看的！老師，我回去馬上就看完了，我覺得好有趣，裡面竟然還有鯊魚吃了內褲還要動手術！哈哈！」、「對啊！還有『眼球爆炸的房間』，好誇張，但是好好看喔！」説完，旁邊一群孩子急著圍了過來：「接下來換我了吧！」

　　這就是孩子和我的答案：令孩子能「拜託讓他們閱讀」。充滿想像力、創意、童趣、圖文連結的《瘋狂樹屋六十五層》就有這樣的魔力。

　　從《瘋狂樹屋13層：安迪的祕密實驗室》、《瘋狂樹屋26層：海盜船與死亡迷宮》、《瘋狂樹屋39層：月球上的屎比頭教授》、《瘋狂樹屋52層：潛入蔬菜王國大冒險》，原本還替作者煩惱，已經有這些精采的瘋狂幻想、創意揮灑，接下來還有什麼梗呢？沒想到《瘋狂樹屋65層：驚奇時空歷險記》竟然又帶來嶄新感受，令人捉摸不定的驚喜，每翻一

頁無法預測的狂喜，連大人也愛。

每次加蓋十三層的樹屋，是安迪和泰瑞這兩個小男孩的祕密園地。而擁有和動物溝通能力的小女生吉兒總是替他們解決棘手的問題。角色各有特色，卻又相輔相成。在樹屋迷人的構造上，專門的「慶生室」（每天都可以慶生，一天可以無限多次）、「複製機器室」可以無窮複製自己、「眼球爆炸室」一進去就能享受眼球爆炸的快感，（當然，還有許多的大眼球和小眼球可以替換）、刺耳的氣球樂隊、有著65層巢室的蟻巢、流沙坑、隱形樓層……一切有趣的、小男生最愛的、噁爛的、天馬行空的、好奇的、一輩子想嘗試一次的……都在裡面，叫人怎麼不心動？

而故事主軸則是迷糊的泰瑞忘記申請樹屋的「建築許可證」，只好一起搭乘時光機。沒想到按錯時間，於是從史前綠藻、恐龍時期、石器時代教原始人壁畫、埃及遇見木乃伊、古羅馬競技場、甚至到達未來、未來的未來，再回到現在。《瘋狂樹屋65層》就是這樣，在有趣刺激之餘，又有著精采和內涵。吸睛之後，無違和的創意放入了許多訊息，不知不覺中，也學習到了那個時代的背景、服裝、特色。安迪與泰瑞帶著任務，一邊穿越一邊惡搞，卻又天衣無縫。儘管孩子第一次接觸，也讀得津津有味。

而圖文的編排方式，有漫畫版的格狀、跨版的充實、

細緻的、像藏寶圖的、留白的……讓人驚喜連連，接招不暇，快速瀏覽過總又愛回頭尋寶，看看自己圖片中遺漏了什麼有趣的點，一看再看，會心一笑。讓不管是圖文閱讀的中年級、見怪不怪的高年級，都可以擁有嶄新的視野和閱讀的樂趣。

回想推動閱讀十幾年以來，演講過數百場演講，每次問與答時間，師長們主要的問題都是：「孩子沒有閱讀興趣怎麼辦？」

每次聽到這個問題，我都覺得，其實沒有不喜歡閱讀的孩子。想想，是不是我們把閱讀定義得太狹隘了？一定要字數多、名著才是閱讀？一定是老師核可的閱讀讀物才是閱讀？生命有許多不同面貌，每個孩子有自己的天賦，但如果我們沒有足夠種類的書讓讓孩子探索，怎麼了解自己的天賦？只要孩子對某項主題有興趣，應該就有相對應的主題書單滿足孩子的好奇心，讓他滿足探索：「喔！是這樣啊！」、「嗯！這樣對嗎？」、「有沒有別的可能呢？」

面對未來，尚未出現的改變無人掌握。但想像力和創造力是未來進步的根基，「不在框架」裡的《瘋狂樹屋65層》滿足了想要馳騁幻想的孩子，用生活周遭可見的素材組合出驚喜的改變，這不就是最適合的想像力和創造力練習？拋下「一定要怎樣的包袱」和孩子一起進入樹屋哈哈大笑，再建造自己獨一無二的瘋狂樹屋，瘋狂快樂的天馬行空一下吧！

在錯誤與雜亂的組合下
碰撞出熱鬧的創意

◎ 洪淑青（Selena／親子作家）

　　小時候喜歡看日本小叮噹漫畫，常常和妹妹兩個人按著情節為故事配音。現在不叫「小叮噹」而是「哆拉A夢」，不管是什麼名字，許多創意的發想都可以從哆拉A夢的肚子裡變出來，那是現實生活中不可能實現的法寶，它滿足了人們天馬行空的想像空間，那是一種想變化、想脫離、想搗蛋的欲望。

　　與現實不合宜、不切實的狀態常常不受支持，就像是故事中的未來世界，把「安全」、「不受傷」作為最高準則，雖無危險性，保守的生活卻因此有那麼一點無趣。這狀態對應故事中那一板一眼、依法行事卻又見識廣博的角色：檢查員泡泡先生。他似乎象徵著權威、規則（連申請建築許可證，還規定用藍黑兩色墨水填寫），一切奉法執行，相信只要能越過他的界線，任何事都可能變得趣味，反之，若遵循他的指示，創意瞬間化整為零。

衝突條件下的環境能孕育出偶發的趣味感，在錯誤與雜亂的組合下碰撞出熱鬧的創意。《瘋狂樹屋65層：驚奇時空歷險記》中有許多天馬行空的組合，作者一再丟出創意點子，讓讀者跟隨著他們的想像力急速跟進，腦子還得不斷更新升級。這樹屋65層中，新增的13層就很精采，「慶生室」讓隨時想歡樂氣氛的人可慶生（這可討好了熱愛生日的小讀者）；「樹屋網」是電視新聞中心，可以想像媒體已深入人們生活圈，即便在樹屋；隱形樓層的存在，有種不想讓人摸清的心理狀態，相信熱門度一定很高。

　　這些樓層得經過認證才可使用，為了拿到建築許可證，故事主角安迪與泰瑞搭乘「時光機」，陰錯陽差飛越好幾個以六、五數字組合成的時空，像是六億五千萬年前的史前時代、六千五百萬年前的恐龍時代、公元前六萬五千年前的石器時代、金字塔時期、公元前六十五年的羅馬，甚至未來世界，讀者得在不同的時空中，跟著作者跳躍式的思考，才能合理化這些荒誕不羈的現象，解讀作者如何成功解救演化論下的史前生物。

　　故事裡還有更多的想像力與創意點子，例如螞蟻會團結一致變成各種點狀立體圖，變成大腳、鏟子、大紙巾，發揮合作精神處罰作者；安迪與泰瑞異想天開教石器時代的穴居人畫畫，甚至還想教複合媒材、裝置藝術與表演藝術；泡泡紙吸引了古埃及人，他們全都在擠弄泡泡，感覺像是現代人在解悶療癒；金字塔竟也需要建築許可證……

另外，作者還趁機獻殷情，融入拯救偶像赫伯特·喬治·威爾斯的情節。

　　其中特別引發深思的是關於未來世界的篇幅，安全無慮的未來世界讓人免於危險，一開始也許感覺無憂無慮，一旦習慣後，便開始厭倦這樣過度保護的生活，作者說：「一點危險也沒有的未來好無聊」，他可不容許這種被控制的未來（中央安全總部控制了一切），於是提議「我們去破壞中央安全總部吧」，反而想要有痛覺的生活。細細思考，我們要安全無感的生活？或是有痛覺、有刺激的生活經驗呢？

　　也許因為這樣，故事最後連檢查員都受不了嚴謹的生活，辭去檢查員工作，變成特技演員，從墨守成規到無限可能的表演，他說要感謝安迪與泰瑞讓他的人生變得更美好。

　　這本書有許多創意發想可逗笑讀者，跟著幽默的作者走，你絕對能從中開懷大笑，或許也可以從中啟發你的創造力。

第 1 章

瘋狂樹屋六十五層

嗨，我叫安迪。

這是我朋友泰瑞。

我們住在樹上。

噢，當我説「樹上」，

指的是樹屋。

我説的「樹屋」可不是普通樹屋

——是**六十五層瘋狂樹屋**！

（以前是五十二層瘋狂樹屋，不過我們又加蓋了十三層。）

我們增加了寵物美容沙龍（經營者是吉兒）

慶生室（這裡總是在為你慶生，就算當天不是你的生日）

非生日室（你待得越久就會變得越年輕，所以別待太久，否則最後會變得像小嬰兒）

複製機器

25

樹屋網（樹屋新聞網路）：全天候播放的電視新聞中心，定時更新樹屋所有最新消息及時事八卦。

棒棒糖商店（經營者是提供棒棒糖的機器人瑪麗・胖胖唐，她提供世上各種棒棒糖，包括過去、現在、未來的棒棒糖。）

刺耳的氣球樂隊

有三隻睿智貓頭鷹的貓頭鷹屋（我們並非總是明白牠們表達的意思，但那是因為牠們非常睿智）

隱形樓層

蟻巢（有六十五個巢室）

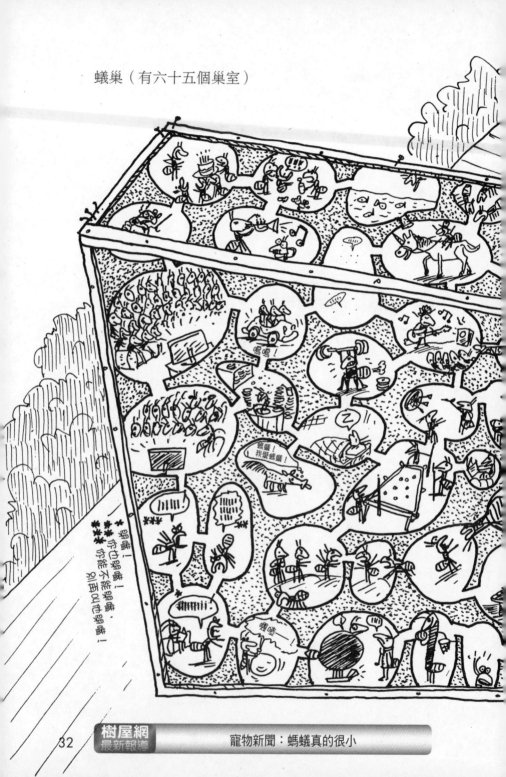

樹屋不但是我們的家，也是我們一起合作寫書的地方。我寫故事，泰瑞畫插圖。

珍貴照片：安迪與泰瑞真的在工作！

就像你看到的，我們已經合作好一陣子了。

或許不是每個人都適合住在樹屋⋯⋯

樹屋網 最新報導　　　獨家照片：樹屋生活！

但很適合我們！

第 2 章

螞蟻來襲！

　　如果你跟我們大多數的讀者一樣，你大概會很好奇我們有沒有樹屋建築許可證。噢，我們當然有囉！泰瑞負責搞定這件事。「泰瑞，對不對啊？泰瑞？你在哪裡？」

「啊，你在這裡。」我說：「我正在告訴讀者你取得樹屋建築許可證的事。」

「吼！」泰瑞大吼。

「泰瑞，別胡鬧了。」我說。

「吼！」

他看起來有點奇怪，我想我知道原因：他全身都是螞蟻！

「你又去蟻巢玩了？」我問。

泰瑞沒回答，只是伸手掐住我的脖子。

我倒抽一口氣：「泰瑞？」

就在我快要無法呼吸時，另一個泰瑞衝進來。

第二個泰瑞說：「安迪，別擔心，我會救你！」

第二個泰瑞拿羽球拍痛打第一個泰瑞，狠狠敲下去！

忽然之間，空氣中充滿……

樹屋網
最新報導

螞蟻！

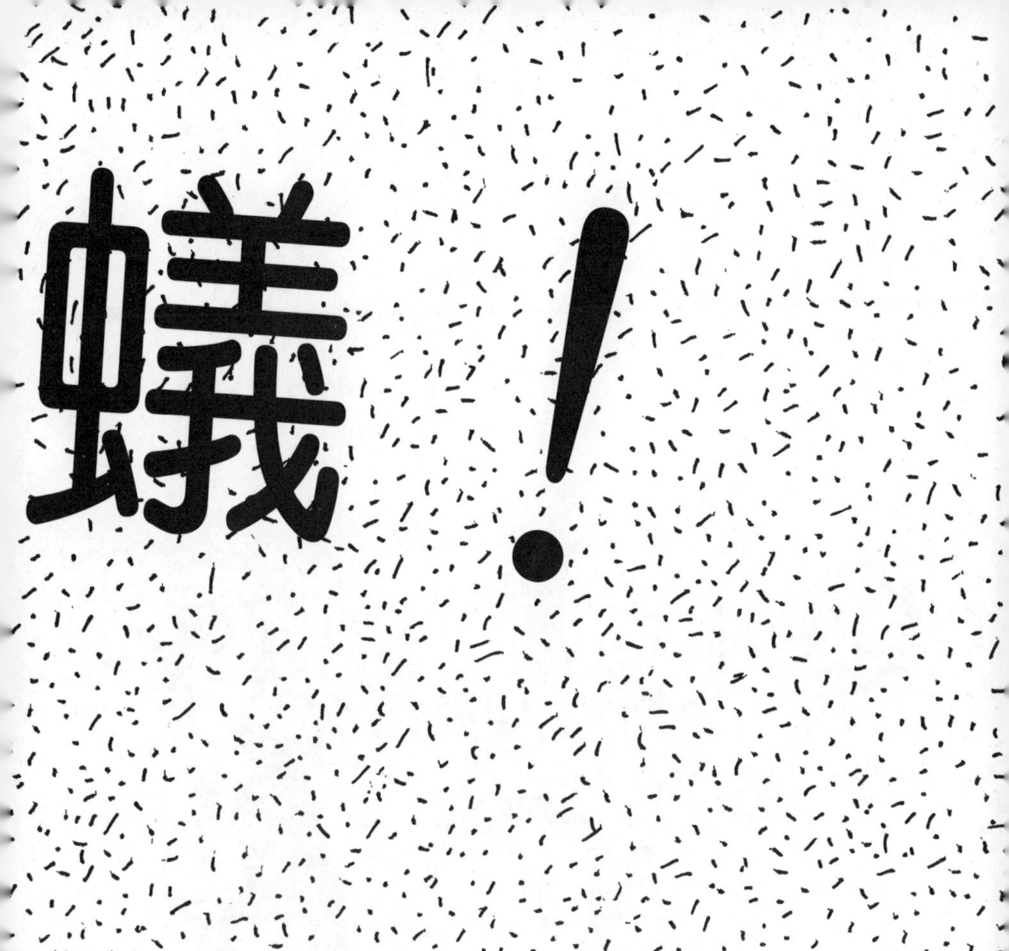

樹屋網最新報導　許多螞蟻！

到處都是螞蟻（糟透了），但我不再被掐住脖子（棒極了）。

「安迪，你還好嗎？」泰瑞問。

「嗯，還好，」我說：「發生了什麼事？你為什麼攻擊我？」

「那不是我，」泰瑞說：「那是假裝成我的螞蟻。我忘了關上蟻巢的門，牠們逃了出來。我試著趕牠們回去，但螞蟻假扮成我的模樣，將我擊倒，接著一定是過來找你了。」

樹屋網
最新報導

螞蟻大膽逃出蟻巢

「為什麼？」我說：「我又沒傷害牠們！」

「我也沒有，」泰瑞說：「我只知道牠們現在變成一隻大腳，要踩扁我們了！快跑！」

「我們該怎麼辦？」泰瑞問。

「我們只能這麼做了，」我說：「沒錯，就是變成狗大便！」

「狗大便？」泰瑞說：「但我討厭狗大便！」

「腳也討厭狗大便，」我說：「它們絕對會想盡辦法避免踩到。」

「好吧，」泰瑞說：「我們要怎麼做？」

「很簡單，」我說：「只要把自己變得溼軟黏糊，臭得要命。」

「這樣如何？」泰瑞問：「你覺得夠臭嗎？」

「非常臭，」我說：「噁心極了。」

果然，螞蟻形成的巨腳停止踩踏，只是謹慎的懸浮在我們上方。

「這個方法奏效了！」泰瑞說：「現在牠們無法踩扁我們了！」

「對，除非牠們再度改變樣子。」我說。

「噢，不，」泰瑞說：「現在牠們變形了，變成了巨大的長柄狗屎鏟！」

「別擔心，」我說：「我們只要變成一灘水就好。」

樹屋網 最新報導　　　天氣：雨天，時而降雨

「現在我們安全了，」我說：「長柄狗屎鏟能鏟起狗大便……但無法鏟起水！」

「我們真的把那些螞蟻耍得團團轉。」我說。

「對啊，」泰瑞說：「螞蟻或許聰明，但我們更聰明。」

「我們可能還不夠聰明，」我說：「現在螞蟻變成巨大的紙巾，準備吸乾我們！」

「但我喜歡當水！」泰瑞說：「我不想被吸乾。」

「我也是，」我說：「除非我們變回原樣……現在就變！」

樹屋網
最新報導

被吸乾的風險：高

我們變回原樣。我們沒被吸掉（好極了），但被揉成一團（糟透了）。

　　「要是我們有火就好了，」泰瑞說：「這樣就能燒掉紙巾。」

「我有一根火柴，」我說：「可是沒有火柴盒。」

「那真是太糟了，」泰瑞說：「因為我有一個火柴盒，卻沒有火柴。」

我說：「嗯……」

泰瑞說：「嗯……」

「嗯……」

「嗯……」

「嗯……」

「嗯……」

「嘿，我有個超棒的點子！」我說。

「什麼點子？」泰瑞問。

「我們何不用我的火柴劃你的火柴盒呢？」

「那聽起來很危險，」泰瑞說：「可能會燒起來。」

「就是要燒起來！」我說：「螞蟻，看招！」

「這個方法有效！」泰瑞說：「紙巾燃燒了！」

「對，」我說：「但我們也燒起來了！」

「我的頭變得很熱。」泰瑞說。

「或許是因為你的頭髮著火了！」我說。

「你的頭髮也是。」泰瑞說。

我們放聲尖叫：「啊！」

樹屋網 最新報導　　　　失火風險：極高！

但我們並未尖叫太久，因為接下來螞蟻變成巨大的水管，開始用滅火的水柱朝著我們與牠們自己猛噴！

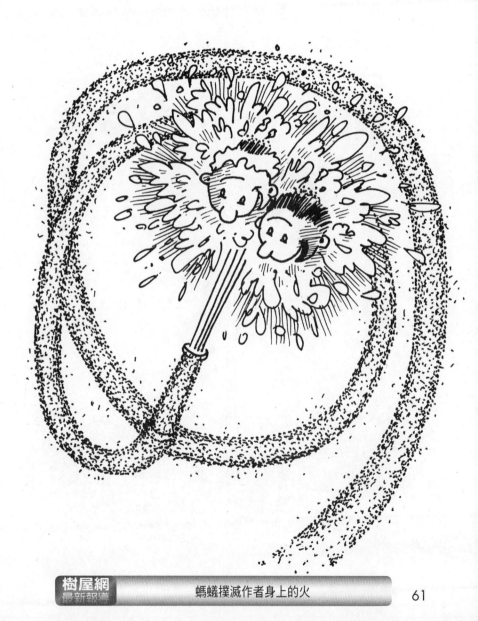

牠們不斷猛噴，直到我們困在憤怒螞蟻噴出的湧泉頂端。

　　「現在我們該怎麼辦？」泰瑞問。

　　「呼救，希望吉兒會聽見我們的求救聲。」我回答。

第 3 章

吉兒來解圍

我高喊：「救命！」

泰瑞大吼：「救命！」

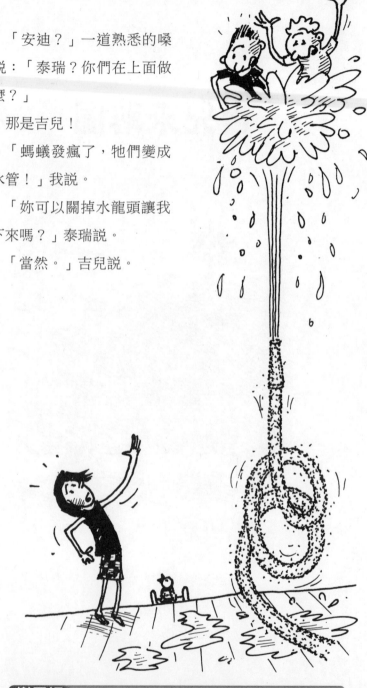

「安迪？」一道熟悉的嗓音說：「泰瑞？你們在上面做什麼？」

那是吉兒！

「螞蟻發瘋了，牠們變成了水管！」我說。

「妳可以關掉水龍頭讓我們下來嗎？」泰瑞說。

「當然。」吉兒說。

樹屋網 最新報導 　　　吉兒關掉水龍頭！

吉兒（從螞蟻構成的水龍頭）關掉水管……

我與泰瑞摔到地上，發出響亮的重擊聲！

「你們做了什麼惹惱螞蟻的事？」吉兒說：「牠們似乎非常激動。」

「是泰瑞的錯，」我說：「他沒關上蟻巢的門，所有螞蟻跑了出來，開始攻擊我們。」

「我只不過留了一條小縫。」泰瑞說。

吉兒皺眉說：「對螞蟻來說，那可是超級大縫。我最好與牠們談談。」

她跪了下來，手指假裝成觸角的樣子並扭動。

「沒有用，我的身體太大了，」她說：「我得變成螞蟻的大小。

泰瑞，你可以把我畫得小一點嗎？」

「吉兒，當然可以，」泰瑞說：「螞蟻大小的妳馬上就來！」

你少畫了一點點。

吉兒一下就與螞蟻聊得起勁，說真的，這不令人意外，因為吉兒可以和任何動物聊天⋯⋯就算是昆蟲也一樣，而螞蟻就是昆蟲，這就是她能與牠們說話的原因。

　　泰瑞問：「你覺得他們在聊什麼？」

　　我說：「我不知道，我不會說螞蟻語。」

螞蟻說：「｜｜｜｜｜｜｜｜｜｜」

最後吉兒轉向我們，
開始解釋，但她只發出
細微的吱吱聲。

「噢，好極了！」
我說：「她的身體太小，
我們聽不懂她的話。」

「別擔心，」泰瑞說：
「我把上星期做的迷你擴音
麥克風給她。」

酷！

泰瑞的
迷你擴音
麥克風

全新

（它真的有用）

與巨人
說話
向來
不容易！

泰瑞的
另一個超棒發明

吉兒透過迷你擴音麥克風說：「泰瑞，謝謝。螞蟻說
由於你和安迪一直破壞蟻巢，牠們非常生氣。」

「但我總是非常小心對待螞蟻！」我說。

「我也是！我甚至比安迪更加小心！」泰瑞說。

「我甚至比泰瑞更加小心！」我說。

　　「嗯，或許吧，」吉兒說：「但你們可能不像自己以為的那麼小心。你們看一下吧。」

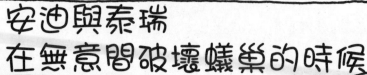

安迪與泰瑞
在無意間破壞蟻巢的時候

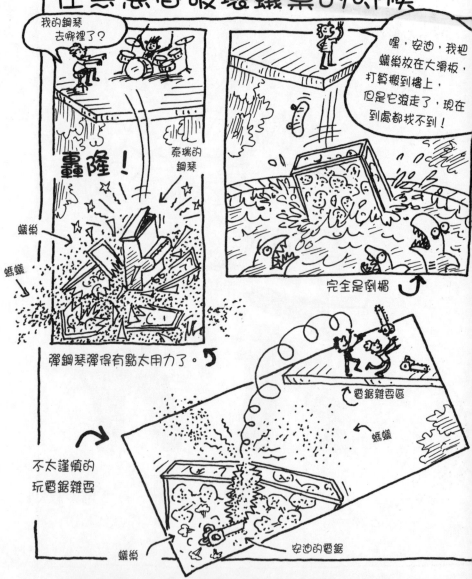

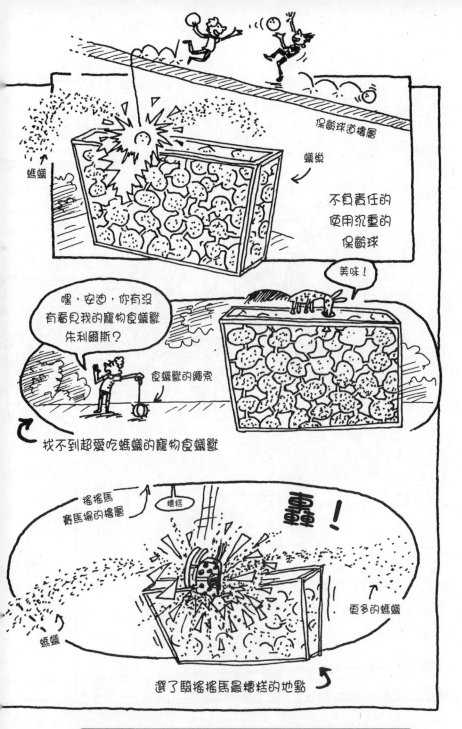

「那些可憐的小螞蟻，」吉兒說：「你們應該好好向牠們道歉。」

　　「我真的很抱歉。」
我說。
　　「我也是，」泰瑞說：
「我真的真的很抱歉。」
　　「我比泰瑞還感到
抱歉。」我說。
　　「我比安迪還感到
抱歉。」泰瑞說。

樹屋網 最新報導　　泰瑞比安迪更覺得抱歉

「我覺得螞蟻現在都滿意了，」吉兒說：「你們只要答應無論做什麼事，絕對不會再擾亂蟻巢！」

　　「我們答應。」我說：「泰瑞，對吧？」

　　「對，」泰瑞說：「我們真的、真的答應！」

　　「很好。」吉兒說完，將螞蟻帶回蟻巢。

我說到哪裡了？噢，對，沒錯，我剛才提到建築許可證的事。正如我所說，這件事由泰瑞負責，我轉頭看向泰瑞：「泰瑞，對吧？」

　　泰瑞問：「什麼？」

　　「建築許可證啊，我告訴讀者，這件事由你負責。你辦好了，對吧？」

　　泰瑞說：「嗯，呃，算是吧，除了一個小問題……」

　樹屋網 最新報導　　　泰瑞指出建築許可證的潛在問題

「什麼問題？」
我問。

「我可以解釋，」
泰瑞說：「從前從前⋯⋯」

看他解釋
這件事一定
很有趣。
嘻嘻。

（讀者，抓緊了，我們即將進入倒敘。）

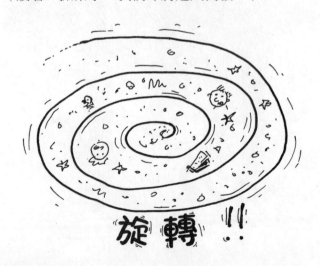

旋轉 !!

「從前從前，」泰瑞說：「你給我一筆錢，叫我申請樹屋的建築許可證。」

「所以我前往核發建築許可證的辦公室。」

樹屋網
最新報導

糟了⋯⋯

「我在穿越森林的路上，遇見一位友善的矮子，他在販賣能夠預知未來的花生。幸運的是，我的錢正好夠買下一整袋！」

「但我沒吃，因為我想起自己對能夠預知未來的花生過敏，於是……」

「我用能夠預知未來的花生交換世上跑得最快的一匹馬⋯⋯」

「但那匹馬跑得不夠快，所以我用牠換了一頭會說話的山羊⋯⋯」

「但那頭山羊只會講法語，所以我用牠換了一隻會唱歌的猴子……」

「但結果那隻猴子不會唱《生日快樂歌》，所以我用牠換了一條純金的金魚……」

「但那條純金的金魚太重了，根本游不動，於是我用牠換了一隻懂算數的老鼠。但那隻老鼠認為二加二等於五，所以……」

「我用牠換了一隻會表演的跳蚤……」

「但那隻跳蚤不肯表演把戲，所以我用牠換了一顆魔豆。」

「經過這一輪交易後，我肚子好餓……」

「我餓壞了，所以完全忘了某件事，並吃掉魔豆。」

「你完全忘了什麼事？」我問：「忘了取得建築許可證？」

　　「不是，」泰瑞回答：「我完全忘了自己對可預見未來的花生過敏之外，也對魔豆過敏！」

「我覺得不太舒服……」

「接著越來越難受……」

「然後更加難受……」

樹屋網 最新報導　　本頁新詞：更加難受

「接著，就在我認為難受的感覺到達極限時，我爆炸了！」

「現在是時候回到現在了。」

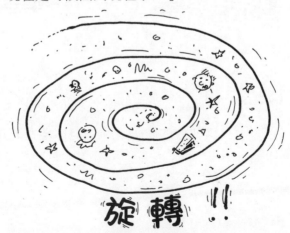

我對泰瑞說：「所以你是說，我們沒有有效的樹屋建築許可證？」

「樂觀一點，」他說：「我爆炸了，卻沒死掉！」

「沒錯，」我掐住他的脖子說：「但你現在死定了，有任何遺言嗎？」

泰瑞喘氣說：「有，誰去接電話？」

樹屋網 最新報導　　經歷致命爆炸的泰瑞恢復健康

「我去接，」我說：「回來繼續掐死你！」

我放開泰瑞，接聽視訊電話。

（我提過我們有一台視訊電話嗎？沒錯，我們有一台這玩意兒，而且是 3D 立體的！）

打電話來的人是我們的編輯「大鼻子先生」。

「怎麼這麼久才接電話？」他說。

「安迪想掐死我。」泰瑞說。

「如果今天中午十二點之前，你們的下一本書沒交到我手上，我會掐死你們兩個。」大鼻子先生說：「再見！」

「真可怕，」我說：「我們不只沒有樹屋的建築許可證，也沒寫書，而且今天要交稿！」

「樂觀一點！」泰瑞說。

「有什麼好樂觀的？」我說。

「我吃了魔豆又爆炸，但仍然活著！」他說。

我再度掐住他的脖子。

郵差比爾大喊：「有你們的信。」這分散了我的注意力，意外救了泰瑞一命。

「太棒了，」泰瑞說：「我喜歡收信！」

我們坐下來讀信，信上寫著：

檢查員泡泡紙先生
中央安全總部
建築許可證部

致安迪與泰瑞：

特以本函通知你們，我將在一分鐘內

參觀你們的樹屋，確認你們是否持有最新有效的

建築許可證。

尚此

檢查員泡泡紙先生

「這封信寫得真好。」泰瑞說。

「你瘋了嗎？」我說：「他是建築檢查員，要來檢查我們的樹屋建築許可證是不是最新的，而我們根本沒有那玩意兒！」

「天啊！」泰瑞說：「他何時會來？」

「馬上就會來。」我回答。

「馬上？我的天啊！」泰瑞說。

第4章

檢查員泡泡紙先生

門鈴響了，我們去應門。

門邊的男士說：「你們好，我是檢查員泡泡紙先生，我想你們已經收到我的信了。」

我說：「嗯，對，我們收到了，但是……」

「太好了，」檢查員說：「請讓我看看這間樹屋的建築許可證好嗎？」

「嗯……好……」我說：「雖然我說好，但我的意思是不好。我們其實沒有建築許可證……這都是因為泰瑞。」

「沒有許可證？」檢查員說：「這樣的話，我必須做個檢查，看看你們的樹屋是否符合所有現行的建築法規與安全規章。」

「建築法規？」我說。

「安全規章？」泰瑞說。

「只是規定的程序而已。」檢查員說：「請讓我進門，我要開始依照押韻工作了。」

「押韻？」我問道。

「對。」檢查員說：

「我的報告總是押韻，

樂趣無盡，

消磨光陰。」

「好。」泰瑞說：
「我無所謂，在這樹屋
你能為所欲為。」

「年輕人，非常感恩，
我會將工作盡快完成。」

「可以的話，
我將從這裡開始。
糟啦，天啊。
噢，不，噢，天啊。」

樹屋網 最新報導　　　　泰瑞的回應也押韻！

「你們的樓梯必須
有欄杆。沒有輪椅坡道？
這是嚴重缺點！」

「太平梯、水管捲管器、灑水器、防火毯、滅火器在
哪裡？（可以的話）我很想看看你們的緊急出口設計。」

「食人鯊必須
自由游動，不該當寵物
養在水池中。」

「保齡球道沒有任何
保護，企鵝面臨保齡球
砸落的事故。」

「保齡球也可能掉在
頭上，讓人在此地命喪。」

　掉落的保齡球有礙身體健康……

「軌道上的搖搖馬比賽可能造成頸背受傷。」

「X 光室直接違反現行的健康與安全輻射法規。」

「哪種笨蛋會設個流沙坑，卻沒放置警示牌？」

「這座游泳池必須有
柵欄（這真的只是常識！）」

「電鋸雜耍非常蠢，
你很可能失去手指或大姆
指……」

「或耳朵或膝蓋，
或手肘或鼻子，或手臂
或腿部，或足部或腳趾！」

「我看見跳跳床沒有網子，它放得很高，高得接近樹頂！」

「但除了這幾件事，」我說：「樹屋其他一切是否合格？」

檢查員泡泡紙先生嘆氣搖頭。「全面考慮後，我很遺憾地說，今天不可能核發許可證給你們。」

「你們的樹屋是危險建築，我堅持予以全面拆除。」

樹屋網 最新報導　　拒絕核發樹屋的建築許可證！

「拆除小組已在半路，
你們最好快走，絕對不能
停下腳步。」

「今天中午十二點前，
此地將化為廢墟，如果你們逗留，
將惹上大麻煩。」

「這裡將被拆光，
一層接著一層，你們最好快走，
否則後果堪憂！」

「天啊，」郵差比爾説：「我要走了。」

「我們也該離開嗎？」泰瑞問。

「不走！這裡是我們的家！」

「但它將被拆除！」我説。

「如果我能阻止這件事，它就不會被拆除。」我説。

「但怎麼做？」泰瑞問。

樹屋網
最新報導

嚇壞的郵差逃離樹屋

「我不知道。」我説。

「我們可以問那三隻睿智的貓頭鷹！」泰瑞説。

「當然好囉，」我説：「牠們非常睿智，一定知道該怎麼做。」

我們坐著噴射辦公椅上升到貓頭鷹屋，停在貓頭鷹的前方。

「噢，睿智的貓頭鷹啊！」泰瑞說：「我們該怎麼做，才可以避免樹屋被拆光？」

第一隻睿智的貓頭鷹說：「滴！」

第二隻睿智的貓頭鷹說：「答！」

第三隻睿智的貓頭鷹說：「呼！」

「滴？答？呼？那是什麼意思？」我問。

「嗯……」泰瑞皺著眉，覆述牠們的話：「滴、答、呼……滴、答、呼……」

「你覺得『滴答』跟時間有關聯嗎？」我問。

「有！」泰瑞說：「『呼』指的一定是《神祕博士》，他是時間旅人，對吧？」

「對，」我說：「但那如何幫助我們？」

「你不懂嗎？」泰瑞說：「睿智的貓頭鷹告訴我們，我們應該回到過去，取得樹屋的建築許可證。」

「這個點子太棒了，」我說：「如果我們有時光機就好了。」

「有喔！」泰瑞説：「我在『從前的時光機』那一樓建了一台時光機。」

「太棒了！」我説：「我們走吧。」

我們往上爬到時光機的樓層。

我走向機器的門，説道：「是這台嗎？」

「那台不是時光機，」泰瑞回答：「而是煮蛋計時器，我討厭煮得過熟的蛋。時光機在那裡。」

樹屋網 最新報導　　獨家照片：泰瑞的全新時光機！

「你把時光機放在垃圾桶裡？」我說。

「不，」泰瑞說：「垃圾桶就是時光機。」

「為什麼是垃圾桶？」我問。

「嗯，那時我在讀赫伯特・喬治・威爾斯的小說《時光機》，」泰瑞說：「覺得時光旅行聽起來很有趣。」

「好，但為什麼用垃圾桶？」我問。

「因為那時我只有垃圾桶！」泰瑞說：「時光機還沒全面完成，但回到幾年前取得建築許可證，應該沒問題。」

「安迪，你先進去。」泰瑞說。

我爬了進去，安迪接著爬入，關上蓋子。

「這裡好狹窄！」我説：「我以為時光機應該是外表看起來很小，裡面很寬敞。」

　　「對，通常是這樣，」泰瑞説：「但這台時光機的設計只適合單人搭乘。」

這是垃圾桶的外層（這是真的！）

　　「你原本不打算帶我去時光旅行？」我説。

　　「才沒有！」泰瑞説：「嗯⋯⋯當我説沒有⋯⋯其實就是那個意思⋯⋯但不是那樣⋯⋯嗯，只有一點點那種意思⋯⋯」

「你怎麼操作這台玩意兒？」我問。

「很簡單。」泰瑞回答：「將精密計時器設定為回到幾年前或前往幾年後，再按發射鈕。」

「了解。」我說。

　　我將刻度盤設定為六年半前，那是我們開始建造樹屋之前。

樹屋網
最新報導　　　　樹屋二人組準備回到過去

就在此刻，垃圾桶的蓋子打開了。

是檢查員泡泡紙先生！

他說：「躲起來也沒用。

拆除小組已在半途，

正午就會抵達此處，

趕快出來打包財物……

否則就是自找死路。」

「絕對不走，我們要留在這裡。」我說。

「噢，不行，不可以！」檢查員說。

他彎身探進垃圾桶，試著抓住我們。

我們盡可能蹲低身子。

我想訂一個夏威夷口味的披薩……

檢查員探得更深，腳下一滑，跌進垃圾桶，壓在我們上方。

樹屋網 最新報導　　檢查員泡泡紙先生掉入垃圾桶！

「好痛！」

「啊！」

「噢！」

奇怪的呼呼聲響起。

「那是什麼聲音？」我說。

泰瑞說：「我想時光機已經啟動了，檢查員跌進來的時候，一定撞到了發射鈕。」

「時光機？」檢查員說。

「對。」泰瑞說：「抓緊了，我們即將回到過過過過過過過過過過過過過過過過過過去去去去去去去去去去去去去去去去去去去去去去去去……」

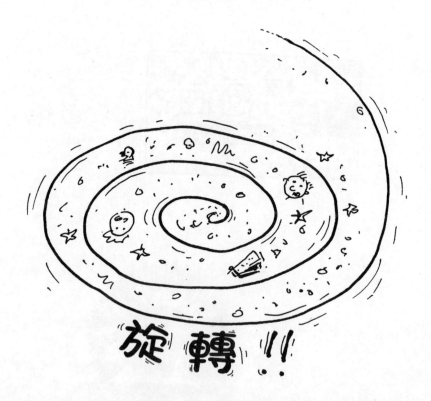

旋轉!!

第 5 章

史前綠藻

我們旋轉了很久很久。

就在我覺得再也受不了的時候，機器停止了旋轉。

泰瑞說：「我們即將著陸。」

砰！

垃圾桶落地，我們全都跌出垃圾桶，摔在地上。

我問：「我們回到六年半前了嗎？」

泰瑞看著垃圾桶的內部，檢視精密計時器，他說：「噢，不，我們回到六億五千萬年前了！」

　　「但我設定只回到六年半前而已。」我說。

　　「檢查員跌進來的時候，一定撞到了精密計時器。」泰瑞說。

「這不是我的錯！」檢查員說：「精密計時器理應有安全防護裝置，而且時光機的發射鈕沒有緊急手動控制裝置，這直接違反了《時光機發射鈕法》第三條第四點五款第六項第二十二行。」

　　「我甚至不知道有《時光機發射鈕法》。」泰瑞説。
　　「噢，當然有。」檢察員説：「就在《從前、現在、未來的世界法規》這本書裡，我總是隨身攜帶它。」

「嘿，安迪，看看這灘水！」泰瑞說：「上面布滿綠藻，其中一片綠藻看起來跟你很像。」

「你說得沒錯。那片綠藻看起來跟你很像！」我說。

　　綠藻安迪說：「小子，你們叫我們綠藻，那你們又是誰？你們也沒多高尚。」

　　綠藻泰瑞說：「別煩他。」

　　「哇，會說話的綠藻！」泰瑞說。

「這些不是普通的綠藻，」檢查員說：「而是世上最早出現的簡單生命形態，我們目睹了地球的生命起源！」

　　「小子，你說得沒錯，」綠藻安迪說：「但我們可能快要完蛋了。」

　　「為什麼？」泰瑞問。

　　「因為只有上方凸出的這塊岩石，才能保護這灘水不會乾涸。」

　我抬頭看著泰瑞站立的那塊凸出岩石。我了解綠藻安迪的意思了，這塊岩石是這裡唯一的遮陽處，而陽光真的很強！

　「太不幸了。」我說。

樹屋網 最新報導

快訊：陽光真的很強

　　「你們更不幸。」綠藻安迪說：「因為如果我們撐不下去，未來你們根本不會存在。儘管我們只是漂在一攤水上，但至少我們活過，總好過從來不存在。」

「你説我們未來不會存在，這是什麼意思？」泰瑞問。

「如果我們晒乾了，」綠藻泰瑞説：「就永遠沒機會演化成你們那種複雜的生命形態。」

泰瑞一臉焦慮的説：「噢，不！」

「放輕鬆，」我説：「它們有遮陽處，或許撐得下去。」

「但撐不了太久，」泰瑞説：「這塊凸出的岩石裂開了，我覺得它快要斷了！」

一大塊岩石斷裂，猛的掉進水灘裡，這時綠藻尖叫：
「泰瑞，你這個白痴！」

「這灘水的上方應該要有遮陽設備！」檢查員泡泡紙先生說：「這違反了《史前遮陽設備法》第二篇第二節第四百五十六條。因此我宣布這灘水違法。」

　　「如果我們建造遮陽設備呢？」我問。
　　「你們必須先有許可證。」檢查員回答。

「你可以核發一張給我們嗎？」泰瑞問。

「嗯，在目前情況下，」檢查員回答：「考慮到地球生物的未來都仰賴這張許可證，我可以加快書面處理作業。」

「太棒了！我們動手吧。」我說。

我們迅速蓋好了前所未見、最讚的史前綠藻水灘遮陽設備，它有六十五層。

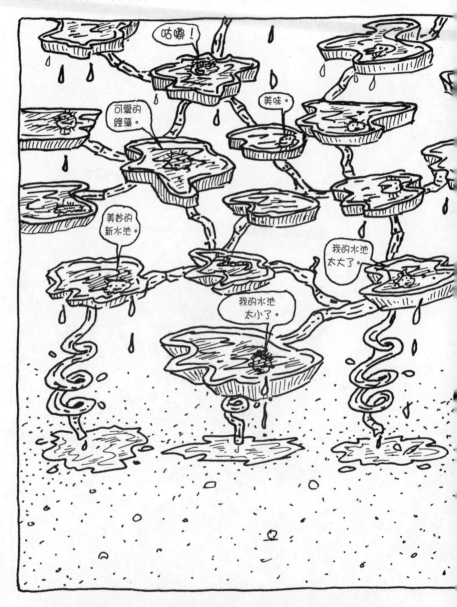

樹屋網
最新報導　　　獨家照片：地球上第一個遮陽設備！

泰瑞說：「好了，這應該能讓你們接下來三億年都不受太陽荼毒！」

綠藻泰瑞說：「泰瑞，謝謝你，你最棒了。」

綠藻安迪說：「不，安迪最棒了。」

綠藻泰瑞說：「你錯了，因為泰瑞最棒了！」

綠藻安迪說：「你才錯了，因為你根本不知道自己在說什麼。安迪最棒了，不准抗辯！」

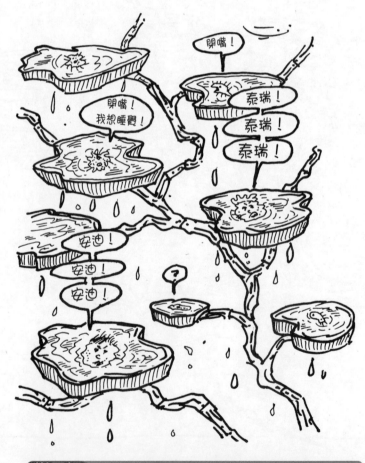

獨家照片：地球上第一場爭執！

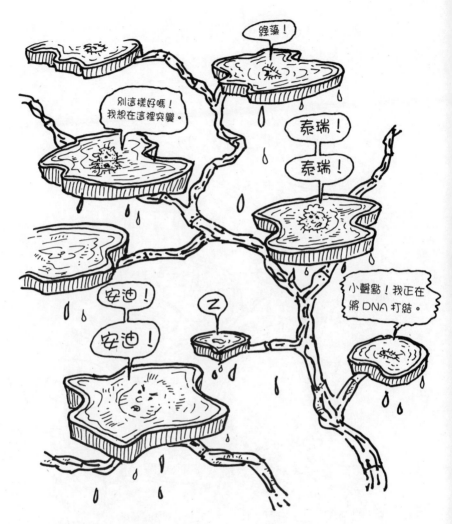

綠藻持續朝著彼此大吼。

「泰瑞！」

「安迪！」

「泰瑞！」

「安迪！」

接著，情況真的失控了。

「讓他們吵吧。」我說：「這個垃圾桶變得很軟了，我們最好趁它在豔陽下融化以前，趕快回到未來。」

「希望我們的史前綠藻祖先能撐下去。」泰瑞説。

「我也希望。」我説：「但如果他們沒撐下去，而我們最後不存在，這都是你的錯。」

「但我們確實存在，所以他們一定撐下去了。」檢查員説。

「對，感謝我自己與我的綠藻遮陽設備妙點子。」我説。

「還要謝謝我幫忙蓋遮陽設備。」泰瑞說。

「也要謝謝我核發許可證。」檢查員說。

「說到許可證，」我說：「我們最好快點前往核發許可證的辦公室，申請建築許可證，這樣樹屋才不必被拆掉。」

「安迪，當然。」泰瑞說：「我已經將精密計時器設定在當初離開的六年半前。抓緊了，大家家家家家家家家家家家家家家家家家家家家家家……」

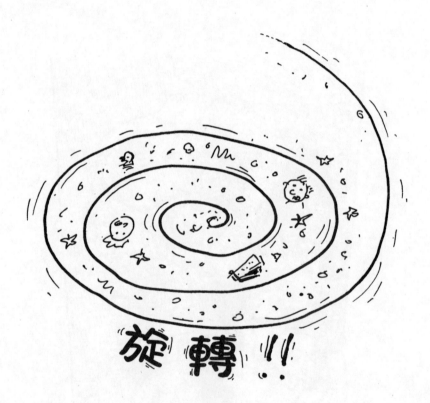

旋轉!!

第 6 章

與恐龍共舞

　　響亮的撲通聲。我們往外看，發現自己漂在廣闊的灰色海洋中間。

「嗯，這真是太棒了，」我說：「時間對了，地點錯了。」

「事實上，你會發現時間也錯了，」泰瑞說：「我們回到了六千五百萬年前。」

「噢，天啊，六千五百萬年前？」檢查員說：「那是一顆巨大的小行星撞上地球，造成恐龍滅絕的年代，我們

樹屋網 最新報導　　　　　行星撞擊危險：非常高

正處於地球史上極度危險的年代裡！」

　　「或許小行星已經撞上地球了。」泰瑞說：「我沒看見任何恐龍，你們呢？」

　　「沒有，但我真的很想瞧一眼！」我說：「我們划到岸邊，看看能不能找到恐龍。」

恐龍的聲音

我們盡快划到岸邊，但抵達岸邊時，只見到類似猴子的小動物聚在一起玩耍。

「啊，牠們看起來像『更猴』。」檢查員說。

「牠們是恐龍嗎？」泰瑞問。

「不是，牠們是最早生活在地球上的其中一種哺乳動物。」檢查員回答。

「牠們好可愛！」泰瑞説：「我們應該帶一隻回去給吉兒。」

　　「這不是好主意。」檢查官説：「牠們得留在這裡，才可以演化成猿類、猴子、人類的祖先。」

　　「猴子？我痛恨猴子。」泰瑞説。

　　「我也討厭，但這不表示我們跟牠們的祖先不一樣。」我説。

　　「啊！那是你的看法，我可不這麼想。」泰瑞説。

「泰瑞，我不太確定這一點喔，」我說：「因為牠看起來跟你有點像。」

「你說得對。」泰瑞說：「牠看起來也跟你很像！」

樹屋網 最新報導　　發現酷似安迪與泰瑞的更猴

忽然之間，我們聽見雷鳴般的踩踏聲與噴鼻息的聲音。更猴停止玩耍，驚慌地環顧四周。

擁有巨大鼻子的恐龍忽然穿越灌木叢，朝著牠們噴氣。

我說：「天啊，那隻恐龍擁有我見過的最大鼻子！」

　　「牠是大鼻龍！」檢查員說：「這種恐龍直接違反世界衛生組織提出的健康鼻身比例準則，牠以壞脾氣聞名，待在牠附近的最安全方法就是保持安靜，別引起牠的注意。」

「牠讓我想起某個人，但我想不起來是誰。」泰瑞說。

「不妙！」檢查員說：「如果恐龍仍在附近出沒，這表示造成恐龍滅絕的小行星還沒撞上地球。」

「太酷了，我們可能有機會看到小行星！」我說。

「如果你真的看到小行星，那可能是你這輩子看到的最後一個東西。小行星非常危險，甚至比大鼻龍還要危險！」檢查員說。

大鼻龍逼近更猴時，泰瑞大喊：「嘿！離牠們遠一點，你這隻大壞蛋！」

大鼻龍聽見泰瑞的聲音，就轉身朝向我們。牠瞪著我們，發出怒吼。

樹屋網 最新報導　　　　大鼻龍怒吼！

我邊後退邊說：「泰瑞，這下好啦。」

「是啊，泰瑞，這下好啦。」檢查員說。

大鼻龍再度怒吼，爪子扒地。

「牠看起來就像鬥牛機凱文發怒的樣子，我覺得牠準備展開攻擊了。」泰瑞說。

「如果我們有鮮豔的斗篷就好了，或許就可以讓牠分心。」我說。

「鮮豔的反光背心或許有效。」泰瑞說。

「別傻了，哪來的鮮豔反光背心？」我說。

「檢查員身上的。」泰瑞說。

「嗯，我不確定，」檢查員說：「《鮮豔反光背心法》第六條規定，建築許可證的檢查員必須隨時穿著鮮豔反光背心。」

「但《鮮豔反光背心法》在六千五百萬年後才制定，所以嚴格來說，你沒違法。」我說。

「嚴格來說，你或許說得對⋯⋯我想你使用反光背心是為了安全⋯⋯」檢查員說完，將背心遞給我。

我將背心舉到一旁，擺出鬥牛士的姿勢，朝著大鼻龍揮舞。

牠憤怒的噴氣，放低巨大的鼻子，並衝向我。

我在最後一刻轉身，牠衝過我身旁。

我說：「太棒了！」

樹屋網 最新報導　　　運動：鬥「龍」比賽開始了

牠轉過身，再次衝向我。

我再度避到一旁。

我說：「太棒了！太棒了！」

牠每一次衝向我都落空，就越來越生氣，鼻子也越大越紅。

「小心，我覺得牠快爆炸了！」泰瑞説。

「什麼？牠要擤鼻涕嗎？」我説。

「不，牠的鼻子快爆炸了！」泰瑞説。

樹屋網
最新報導
大鼻子爆炸風險：極高

「天啊，這麼嚴重的爆炸可能讓地球上的所有生物滅絕！」檢查員說：「這會不會就是所有恐龍消失的原因？」

「誰管這麼多啊！」我說：「如果我們不快找掩護，那就會是我們消失的原因！」

長得像泰瑞的更猴開始咬泰瑞的褲腳。

「嘿！快鬆口！」泰瑞說。

接著，長得像我的那隻更猴開始猛拉我的褲子。

「你們這些笨蛋是哪裡不對勁？」我説：「你們沒發現我們有大麻煩嗎？」

一隻更猴同樣猛扯檢查員的褲子，檢查員説：「我認為牠們想救我們，牠們把我們拖往洞穴的方向！」

出手協助不幸的英雄

泰瑞說：「他說得對！我們一分鐘都不能浪費，我從沒看過這種即將爆炸的鼻子！」

我們趕緊跟著更猴前往洞穴。

泰瑞停下腳步，彎下身子。

我說：「你在做什麼？」

他說：「我只是在救一隻可憐無助的小螞蟻。」

我說：「好吧，快一點！」

泰瑞捧起螞蟻，放進口袋。

樹屋網
最新報導

哈⋯⋯哈⋯⋯哈⋯⋯

洞口窄小，但我們稍微推擠一下，全都安全進入洞穴裡。

「很酷的洞穴。」泰瑞説。

「而且非常安全，」檢查員説：「地下洞穴是最好的選擇，我還看到我們有足以撐一段時間的食物。」

泰瑞説：「哪種食物？」

「看起來像蜻蜓、蕨葉、原始棉花糖。」

「史前棉花糖！」泰瑞將一把植物塞進嘴裡，接著立刻吐出來，「這不是棉花糖⋯⋯而是菌類植物！」

檢查員說：「不然你以為棉花糖的原料是什麼？」

但泰瑞還來不及表達檢查員這番話所帶來的恐懼，我們上方就發生劇烈的爆炸。

我們離開洞穴，大鼻龍剛才的所在之地出現冒煙的巨坑。

所有的東西上面都覆蓋著一層厚厚的綠色黏稠物，到處都是成堆的恐龍屍體。

樹屋網
最新報導

致命的噴嚏毀滅了恐龍

「嗯，」我說：「我們離開這裡吧。」

「但更猴怎麼辦？牠們救了我們一命。」泰瑞問。

「我們也救了牠們一命，很公平。」我說。

「但史前世界很危險，我們不能帶牠們一起走嗎？」泰瑞問。

「不能，我已經解釋過了。」檢查員說：「如果我們帶牠們離開，牠們就不會演化，我們也就不會存在。但我會給牠們額外的保護，這是保險起見，也能讓你的心裡好過一些。」

檢查員拿出泡泡紙，為全部的更猴做了小小的泡泡紙
服裝。

樹屋網
最新報導　　　流行：泡泡紙服裝當紅！

他完成時說：「好了，接下來的六千五百萬年裡，這應該能讓牠們遠離麻煩。」

「我調整了精密計時器的一些地方。」泰瑞說：「我有把握，這次我們一定能抵達樹屋剛剛建造時的六年半前。」

我們爬進垃圾桶並蓋上蓋子時，檢查員說：「我希望你是對的。」

「我也希望，」我說：「我在一天內見證夠多歷史了。」

泰瑞說：「好，出發發發發發發發發發發發發發發發發發發發發發發……」

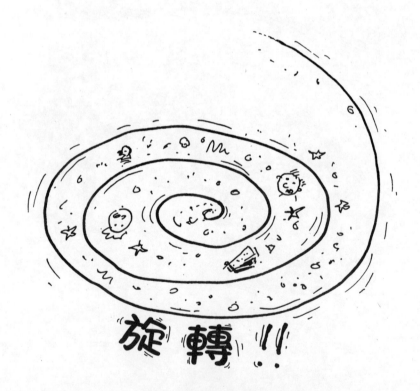

旋轉！！

第 7 章

石器時代美術學校

我們轉啊轉的，持續旋轉，直到垃圾桶終於落地。

泰瑞仔細看著精密計時器。

「嗯，現在是樹屋剛建造時的六年半前嗎？」我問。

「呃……不是。」泰瑞說：「但我們確實離目標近一些了……現在我們來到公元前六萬五千年。」

我打開垃圾桶蓋，說道：「哇，瞧！穴居男人！」

泰瑞說：「還有穴居女人！穴居小孩與……穴居狗兒！」

「他們看起來不太開心。」我說。

「對，他們一臉無聊。」泰瑞說。

「嗯，其實這也不意外。」我說：「他們生活在石器時代，全部的有趣東西都還沒發明，沒有書本，沒有電視，

獨家照片：東西發明前的生活

沒有樹屋！他們無事可做。」

泰瑞走向他們，說道：「嗨，我是泰瑞，你好嗎？」

一位穴居男人回答：「很無聊。」

「為何你們不畫點東西呢？」泰瑞說：「我覺得無聊時就會畫圖。」

其中一位穴居男人咕噥著問：「畫點東西？『畫』是什麼？『東西』是什麼？」

其中一位穴居女人問：「『畫點東西』是什麼？」

「他們甚至不知道『畫畫』這件事！」泰瑞非常震驚。

「這時還沒發明畫畫，記得嗎？」我說：「他們沒有鋼筆、鉛筆、湯匙狀鉛筆、紙張，怎麼會知道畫畫呢？」

「但拿木枝在泥地上畫畫呢？」泰瑞說：「他們可以這麼做，他們有許多的木枝與大片泥地。」

泰瑞跪在地上，開始為穴居人示範拿木枝在泥地上畫畫。

「現在你們試試看。」他發給每人一根木枝。

穴居人試著用木枝作畫，我無意冒犯穴居人，但他們畫得不太好，就連我都畫得比他們好，而且我根本不懂畫畫。

泰瑞將其中一名洞穴小孩隨意畫的記號連起來，並說道：「嘿，我示範了如何把這變成超酷的圖案。」

穴居人變得很興奮。

他們用低沉的聲音說：「再畫一次！再畫一次！」

於是泰瑞再畫了一次。

他們變得更興奮。

因此泰瑞畫了第三次。

泰瑞説：「現在我為大家示範塗色。」

一位穴居男人問：「『塗色』？『塗色』是什麼？」

泰瑞迅速利用一些硬草與一根木枝做了畫筆，接著混合泥土與水。

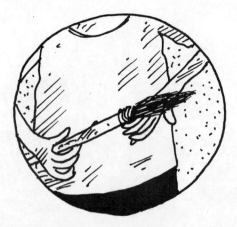

「這就是塗色。」他說：「你們把畫筆浸入泥漿裡，接著塗在牆上……就像這樣。」

一些穴居人模仿他。

泰瑞自豪的說：「就是這樣！你們學會了！」

樹屋網 最新新報導　岩石藝術界的林布蘭！

不久後，穴居人將所有能畫的地方都畫滿了，包括地面、洞穴的牆壁、甚至皮膚。

樹屋網
最新報導

原始時代的康丁斯基！

不是菸斗

樹屋網
最新報導

史前畢卡索！

「瞧！他們畫了《汪汪叫的穴居小狗叫汪汪》連環漫畫！」泰瑞説。

「噢，不！我討厭汪汪！」我説。

「別説傻話了，每個人都愛汪汪！就連穴居人也愛！」泰瑞説。

「汪汪？汪汪是什麼？」檢查員問。

「那只不過是世上最無聊的電視節目！」我回答。

「如果你沿著這些畫快速奔跑，就像看卡通。」泰瑞
說。

一位穴居女人問：「『卡通』？『卡通』是什麼？」

「你們自己看吧，跟著我就對了。」泰瑞說。

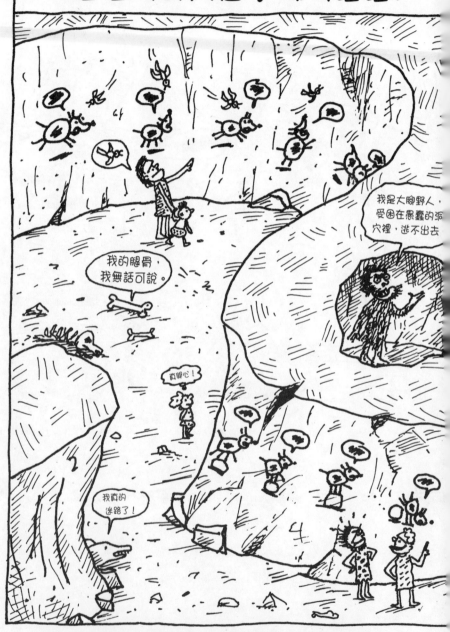

「好，夠了！我們走吧。」我說。

「再一次好嗎？我愛汪汪！」檢查員說。

「瞧，安迪，我跟你說過什麼？」泰瑞說：「每個人都愛汪汪……就連檢查員也愛！」

「我們得走了，我們還得去核發建築許可證的辦公室。」我堅定的說。

「但我還沒把複合媒材與裝置藝術……或表演藝術教給穴居人。」泰瑞說。

「別催他們，他們以後有許多時間學。」我說：「快走吧！」

我們爬進垃圾桶，泰瑞開始調整精密計時器。他說：「我覺得這次應該沒問題。」

「上次你也這麼說。」我說。

「我知道。」他說：「『6』與『5』的旋鈕沒故障，只是『0』的旋鈕出問題，但我很確定現在它們恢復正常常常常常常常常常常常常常常常常常常常常常常常常……」

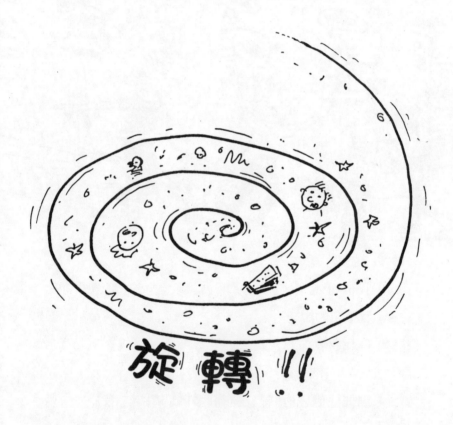

第8章

瘋狂木乃伊

　　我們再度在時間裡旋轉，直到感覺到早就不陌生的下
墜感。

泰瑞探頭從垃圾桶上方往外看。

「你能看見核發建築許可證的辦公室嗎？」我問。

「呃，」他說：「核發建築許可證的辦公室看起來像金字塔嗎？」

「不像。」檢查員說。

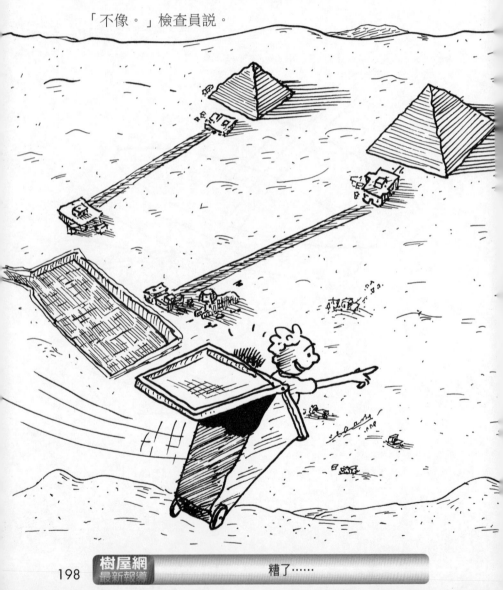

糟了……

「那麼，我們可能來到古埃及了。」泰瑞說：「我只看見沙子、人面獅身像、棕櫚樹、一座巨大的金頂金字塔，我們即將撞上那座金字塔。」

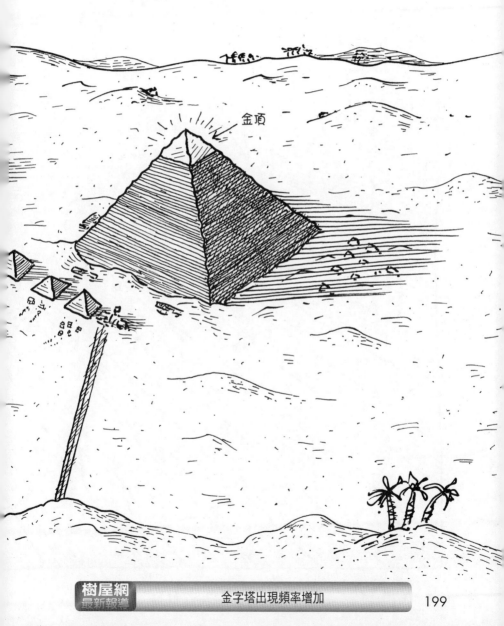

金頂

我們撞上埃及古老金字塔頂、一路滾到底部的那天

我們終於停了下來，一群表情震驚的古埃及人瞪著垃圾桶的底部。

　　其中一位古埃及人說：「你們這些笨蛋！你們剛剛壓到了法老！」

　　「糟糕！」泰瑞說：「不管法老是什麼東西，總之我們剛剛壓到了法老。」

　　「法老是古埃及的國王！」我說：「這下完蛋了，糟透了。」

　　樹屋網 最新報導　　　　　法老遭到飛行垃圾桶壓扁！

「如果人們願意不怕麻煩，在垃圾桶時光機安裝會發出嗶嗶聲的降落警示裝置，就能輕易避免這種不幸的意外。」檢查員哀傷的搖頭。

　　法老發出響亮的呻吟聲。

　　「他還活著！」泰瑞說。

　　「快點，移開壓著他的垃圾桶。」我說。

我們抬起法老身上的垃圾桶，扶他站起來。

「謝謝你們！」他說：「現在你們必須死！」

「我們剛剛救了你一命！」泰瑞說。

「你們的天空飛車也壓在我身上，壓住法老是死刑！」

法老說：「護衛，抓住他們！」

樹屋網
最新報導　駕駛天空飛車的人面臨死刑

「等一下！」檢查員說。

「你是哪位？」法老說。

「我是檢查員泡泡紙先生，我的工作是檢查建築物。」檢查員將名片遞給法老。

「你是建築檢查員？」法老一臉擔心的問。

「對！」檢查員泡泡紙先生說：「你有這座金字塔最新有效的建築許可證嗎？」

「唔……呃……有啊，我當然有。」法老說。

「我能看看嗎？」檢查員問。

法老向抄寫員示意，抄寫員拿來一個卷軸，遞給檢查員泡泡紙先生。

檢查員展開卷軸，仔細檢視。

樹屋網 最新報導　檢查員檢視金字塔的建築許可證

「這是你的簽名？」他問法老。

「對，全部的建築許可證皆由我簽署與核發。」法老說。

「這極不合法，我從沒聽過任何人自行簽署建築許可證。」檢查員說：「你恐怕得填寫一些表格，這將花費你寶貴的幾分鐘，我會用填寫表格的押韻詩協助你。」

「你得完成建築許可證申請，
請用藍黑兩色墨水填寫妥當，
一式三張。」

「別忘了將全部的個人資料補上：
星座、體重、婚姻狀況。」

「我還需要你的聯絡資訊：
住家電話、地址、私人與工作
用電子信箱。」

「你還需要地方議會的批准，才能夠申請。如果鄰居反應，你得尋求裁定。」

「我必須看到藍圖（從地基到屋頂），以及五千個象形文字的申請說明。」

「你是自建屋主，所以我需要你的資格證明，就算是法老也得遵守規定。」

我用手肘輕推檢查員，吸引他的注意力。

「現在真的是關心法老有沒有金字塔建築許可證的最佳時機嗎？」我低聲說：「我們不是應該想辦法，免得被處死嗎？」

「現在我就在做這件事！」檢查員說：「他忙著填寫表格時，我們可以趁機逃跑。快走，我們躲在金字塔吧。」

我們跑進後方的金字塔入口，沿著長廊進入黑暗的房間。

泰瑞説：「我看不見任何東西！」

我説：「我也是，還有別再敲我了！」

泰瑞説：「我沒敲你，一定是檢查員敲的。」

檢查員説：「不是我做的，我忙著找手電筒。」

「但如果不是泰瑞也不是你，那是誰？」

泰瑞説：「可能是木乃伊。」

檢查員説：「啊，找到手電筒了！」

他打開手電筒。

我說對了！真的是木乃伊！」泰瑞說。

樹屋網
最新報導

啊！！！！！！！！！！！！！！！！

檢查員關掉手電筒，他將一大堆泡泡紙塞進我手裡，並說道：「嘿，快用泡泡紙裏住自己。」

「泰瑞，你也照做。」他說。
「為什麼？」泰瑞問。
「沒時間解釋了，照做就對了。」

我們照做了。
檢查員再度打開手電筒。

這次輪到木乃伊嚇壞了，它轉身跑出房間。

樹屋網
最新報導

木乃伊嚇走了害怕的木乃伊

檢查員，幹得好！」我說：「但你怎麼知道那個木乃伊會怕其他木乃伊？」

「只是直覺而已，我們走吧！」他說。

我們走向房間另一側的門，擠了出去……

接著，

直接掉下活板門！

我們降落在某個柔軟的東西上。

四周太暗了，我看不見任何東西，但可以感覺身旁的泰瑞扭來扭去。

他快樂的呼出一口氣：「嗯，溼溼軟軟的！」

樹屋網 最新報導　　　天氣：溼軟，可能有角螳

「泰瑞，我不確定『溼溼軟軟』一定是好事，尤其牠們還發出嘶嘶聲，我們可能在一窩角蝰裡。」我說。

　　「角蝰是什麼？」泰瑞問。
　　「古埃及的蛇！」我說。
　　「天啊！」泰瑞尖叫。

　　「別慌，幸好我的手電筒還在。」檢查員說完，打開手電筒。

我說得沒錯。

我們確實在一窩角蝰裡。

樹屋網 最新報導　結果證明作者再度說對了！

檢查員說：「好，尖叫夠了吧！我們安全的裹在泡泡紙裡，牠們無法咬我們。」

我說：「對，但我們要怎麼離開這個蛇窩？」

檢查員聳聳肩，哀傷的搖頭。他說：「如果人們不怕麻煩，願意在蛇窩設個緊急出口，就可以輕易避免這種困境。」

「我們不需要緊急出口。」泰瑞説：「這裡有角蝰，我們可以控制蛇，將牠們當成梯子。」

「好主意，但你要控制蛇得有音樂。」我説：「就我所知，我們都沒帶噴吉。」

「噴吉是什麼？」泰瑞問。

「那是用來控制蛇跳舞的管樂器。」我回答。

「雖然沒有噴吉，但我有氣球，那應該也行得通。」泰瑞説。

泰瑞吹飽氣球，捏住氣球頸，開始放氣，氣球發出尖銳刺耳的聲音。當然，這可能不是大家心目中的美妙音樂，但蛇似乎很喜歡。

這些蛇直起身子搖擺，

連在一起，

直到最後形成通往

蛇窩頂部的梯子。

我們盡快爬上蛇梯，

到達頂部，

這時泰瑞的氣球沒了氣，

無法發出尖銳聲，

蛇梯也塌了下來。

樹屋網
最新報導

蛇梯超級成功

泰瑞氣喘吁吁的說：「哇，這比樹屋的蛇梯棋來得好玩！」

　　「我不確定自己會不會用『好玩』來形容，」檢查員說：「但我必須承認我確實覺得……超乎尋常的……精力充沛！」

　　我聽見後方某處傳來喊叫聲。

　　「我們最好繼續前進，我想法老可能已經填完表格。」我說。

我們沿著長廊奔跑，謹慎防備著木乃伊與活板門。

泰瑞指著牆上的連續圖畫說：「瞧！《汪汪叫的埃及小狗叫汪汪》！」

 墓穴裡發現古老的汪汪連環漫畫

我們在長廊盡頭遇見兩名古埃及人，他們正在畫汪汪的連環漫畫。

「又是我們！古埃及的安迪與泰瑞，你們好！」泰瑞說。

「你們是誰？」古埃及的安迪問。

「我們就是未來的你們！」我解釋。

「很高興認識你們！」古埃及的安迪說。

「《汪汪叫的埃及小狗叫汪汪》連環漫畫超棒！」泰瑞說。

「謝謝！」古埃及的泰瑞說。

「我覺得那很蠢。」古埃及的安迪翻了白眼。

「我同意，古埃及的安迪，我們擊個掌吧！」我說。

樹屋網 最新報導　本頁新詞：埃及小狗

「我們很想留下來聊聊，但法老的護衛正在追捕我們。」我說：「有沒有快速離開這裡的路？」

　　「當然有。」古埃及的泰瑞在莎草紙上匆匆畫了地圖，然後遞給我，「照著這張地圖走就好。」

我們向古埃及的自己道別，照著地圖走，直到終於回到古埃及的陽光下。我們快速脫掉身上的泡泡紙。（這玩意兒超熱！）

　　「謝天謝地，我們離開金字塔了。」我說。

　　「對啊，金字塔太危險了。」檢查員說：「相較之下，樹屋看起來非常安全！」

　　「糟糕，護衛來了，快跑！」我說。

我們拔腿狂奔，聽見後方傳來護衛踩在泡泡紙上的爆裂聲。

「嘿，這玩意兒很有趣！」一名護衛說。

他們全部停下腳步，撿了滿手的泡泡紙，開始瘋狂弄破它們。

我們抵達垃圾桶，爬了進去。泰瑞重新設定精密計時器，時光機發射，我們起飛，穿越一團沙塵急速升到空中。

「呼！好險。」檢查員脫掉工程帽，擦著額頭，「噢，天啊……」

「怎麼了？」我問。

「有一條角蟬。」他說。

「牠在哪裡？」

「在我的帽子裡……不……等一下，牠不在我的帽子裡了，而是在垃圾桶的某個地方。」

「天啊！」泰瑞尖叫完，垃圾桶突然轉向，失去控制的飛向石頭製成的巨大鼻子，也就是人面獅身像的鼻子！

「泰瑞，小心！」我大喊。

但為時已晚。

垃圾桶裡有角螫而失控、我們撞掉人面獅身像鼻子的那天

樹屋網
最新報導

垃圾桶失控了！

「哎呀。」泰瑞説。

「所以這就是人面獅身像失去鼻子的原因。」檢查員説。

「又一個謎團解開了！」泰瑞説。

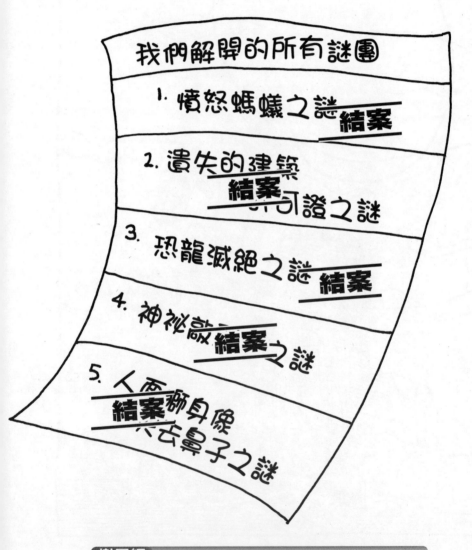

「嗯，還不錯啦，但垃圾桶裡還有一條角蝰！」我說。

「牠不會待太久。」檢查員捧起角蝰，放進工程帽裡，接著打開垃圾桶蓋，將角蝰與帽子一併往外扔。

「哇，真勇敢！而且超危險！」我說。

「時間也抓得正好。」泰瑞說：「抓牢了，我們再度

出發發發發發發發發發發發發發發發發發發……」

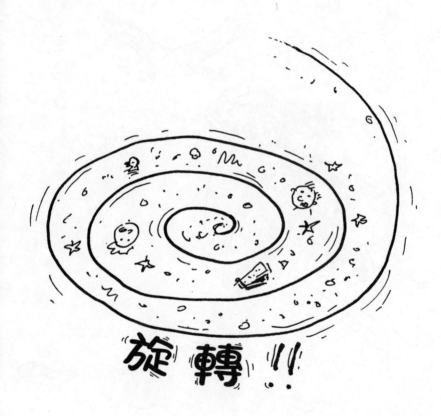

旋轉！！

第 9 章
戰車競賽

　　我們在時間裡旋轉，直到精密計時器顯示為西元前六十五年。接著開始朝地面急速下墜，直到降落，但這次我們繼續移動。我探出垃圾桶蓋往外看，明白為什麼會如此。

我們身處古羅馬的戰車競賽裡，沿著戰車跑道飛馳前進。出人意外的，我們的表現似乎不錯，看起來我們是第四名。

　　「噢，天啊，這看起來很危險。」檢查員說。

　　「嘿，瞧，古羅馬的安迪與泰瑞！」泰瑞說。

泰瑞說得沒錯！我們前方有兩輛戰車，其中一輛的主人長得像泰瑞，另一輛的則酷似我。

跟在他們後方的是外表恐怖的女駕駛，她的戰車車輪有著金屬大釘子。

她越來越接近古羅馬的安迪，接著金屬釘子撞破他的車輪，將它粉碎！

他的戰車失控打滑，最後翻倒，古羅馬的安迪被拋出戰車，落在跑道上。

樹屋網 最新報導　裝了釘子的車輪可能有礙身體健康

但他仍抓著馬兒的韁繩，腹部著地被拖著前進。

「哎呀，那一定很痛！」我說。

我們的垃圾桶漸漸慢了下來，但前進的速度仍快得足以趕上他。

我探出身子，向他伸出手說：「伸出你的手。」

「搞什麼鬼？你們是誰？」他說。

「沒時間解釋了，照做就是了。」我說。

他向上伸出手，另一隻手仍抓著韁繩。我探出身子，將他拉進垃圾桶時，檢查員與泰瑞抓著我。

「我是安特洛尼克斯‧格里爾斯，謝謝你們。」他「啪」
的一聲甩動韁繩，策馬前進，並大吼：「駕！」

安特洛尼克斯負責駕駛後，我們的速度比先前快多了，
我們再度回到競賽裡！

安特洛尼克斯指著戰車車輪裝了釘子的那位駕駛，說道：「我們必須打敗恐怖的德魯塞拉，她是全羅馬最可怕無情的戰車手，其他的戰車幾乎都被她毀了。」

他沒開玩笑，到處都是戰車殘骸。

「那些裝了釘子的車輪看起來很危險，一定有某種法規來規範這種事吧！這樣似乎不恰當。」檢查員說。

安特洛尼克斯説：「哎，戰車競賽法規還沒制定，現在她在追趕我的朋友泰倫休斯‧登蘇斯。」

德魯塞拉逐漸逼近比賽中（除了我們以外）僅剩的另一輛戰車。

她靠近泰倫休斯，利用車輪的釘子破壞他的車輪，他從毀壞的戰車跳到馬背上，追在德魯塞拉後方。

樹屋網
最新報導

泰倫休斯落後，但未被擊敗

安特洛尼克斯駕著垃圾桶到泰倫休斯旁邊，接著大喊：「朋友，加入我們吧。」

泰倫休斯抓著馬兒的韁繩，同時跳進垃圾桶裡。

「這不合法，一個垃圾桶最多只能容納四人，我們最好別再載人了。」檢查員說。

「別擔心，不會再有其他人，現在就是我們對抗德魯塞拉。」我說。

有了兩匹馬兒拉著我們前進，我們確實開始逼近德魯塞拉。

她回頭狠瞪我們。

「我不喜歡她。」泰瑞說。

「我也是，大家都不喜歡她。」泰倫休斯說。

我們追上恐怖的德魯塞拉時，她可怕的車輪釘子試圖破壞我們的垃圾桶，於是改變方向逐漸靠近，並且咆哮：「爾曹當滅，輸家！」

「那是什麼意思？」泰瑞問。

「你們死定了，失敗者！」安特洛尼克斯回答。

樹屋網 最新報導　新的民意調查顯示，沒人喜歡德魯塞拉

「有我在就不會有事。」檢查員展開一卷長長的泡泡紙，並說道：「伙伴們，緊緊抓著我。」

泰倫休斯握著韁繩，其他人緊抓著檢查員泡泡紙先生。

檢查員探出身子，他的頭離旋轉的致命釘子僅有數公分……

接著，他伸出泡泡紙，德魯塞拉戰車的車輪釘子勾住泡泡紙的一端，釘子旋轉時，泡泡紙裏住釘子，釘子變得完全無害。

泰倫休斯駕著垃圾桶移到德魯塞拉戰車的另一側，檢查員同樣用泡泡紙裏住另一個車輪的釘子。

樹屋網最新報導　　　檢查員解決釘子的方法成功！

我們將檢查員拉回垃圾桶裡。

「檢查員先生，做得好！」泰瑞說。

「那是我這輩子見過別人做過最危險的事！」安特洛尼克斯說。

檢查員露出自豪的笑容說道：
「我是安全檢查員，
這就是我的工作：
我負責確保一切對你我安全。
為了眾人，
我甘冒生命危險，
確保一切安全，
如果這就是代價。」

現在比賽非常緊張。

樹屋網
最新報導

還有四圈！

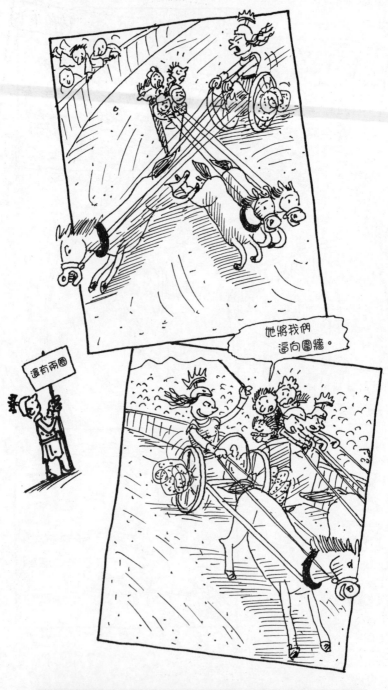

樹屋網
最新報導

還有兩圈！

「這是最後一圈了，我們表現得很好，但德魯塞拉就要贏了！」安特洛尼克斯說。

「要是我們能超越她就好了。」泰倫休斯說。

馬屁股。

「我們無法超越她，但可以飛越她！」檢查員說。

「怎麼做？」我問

「利用那堆毀壞的戰車當作斜坡，來吧！」他說。

樹屋網 最新報導　泡泡紙先生大膽利用坡道化解危機

「你確定嗎？那聽起來有點危險。」泰瑞說。

「我當然確定。」檢查員說：「如果我有精通的領域，那就是各種坡道，包括無障礙坡道、高速公路匝道、登高坡道、折疊式坡道、船艇下水坡道。相信我，我很了解坡道。」

檢查員接過泰倫休斯手上的韁繩，駕著垃圾桶衝向一大堆的戰車殘骸。

檢查員大喊：「大家抓緊了！」我們疾駛過「坡道」，
飛越空中，飛過德魯塞拉上方⋯⋯

樹屋網 最新報導　　德魯塞拉承受的壓力隨著坡道而上升

接著越過終點線。我們是第一名！

群眾陷入瘋狂。

羅馬皇帝站了起來，向我們伸出兩根拇指，群眾因此
變得更瘋狂。

請注意
大鼻子。

羅馬皇帝向樹屋夢幻隊伍伸出兩根拇指

「我們贏了！謝謝你們，我們不會被處死了。」安特洛尼克斯說。

泰瑞說：「你們原本要被處死？」

「對啊，但大鼻子凱薩皇帝赦免了我們，他伸出兩根拇指就是這個意思。」

「哇，古羅馬真的很危險。」泰瑞說。

「沒錯，但幸虧有泡泡紙，現在安全了一些。」檢查員說。

安特洛尼克斯與泰倫休斯爬出垃圾桶。

「檢查員泡泡紙先生，謝謝你的英勇行為。」安特洛尼克斯說。

「你是我們的救命恩人。」泰倫休斯說：「你以勇氣、關於坡道的知識、有著許多氣泡的奇怪透明物質拯救了我們。」

古羅馬人稱讚泡泡紙先生

「這比賽好刺激，它可以成為古羅馬相關電影的精采片段。」泰瑞說。

　　「它已經被拍成電影了。」我說。

　　「太酷了，我們回到樹屋後，可以看那部電影嗎？」泰瑞說。

　　「當然囉，如果我們回得了樹屋的話。」我說：「但在我們看那部電影之前，必須先前往核發建築許可證的辦公室。」

「這次我們一定到得了，否則我就不叫泰倫休斯‧登蘇斯。」泰瑞說。

　　「但你的名字確實不是泰倫休斯‧登蘇斯。」我提醒他。

　　「好吧……」他說完，一切開始旋轉轉轉轉轉轉轉轉轉轉轉轉轉轉轉轉轉轉轉轉……

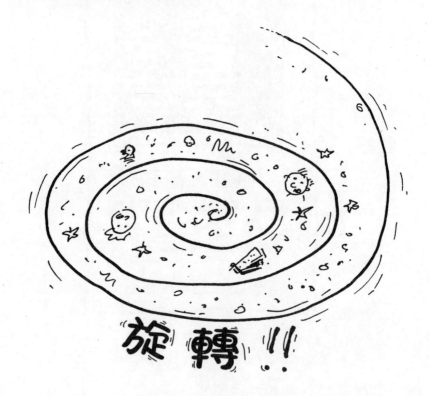

第 10 章

未來

　　垃圾桶停止旋轉，我們緩緩降落在地上。

　　「哇，泰瑞，平穩降落。」我說。

　　「耶，我們簡直就像飄下來的。」他說。

我看著儀表板的重力檢測計，說道：「這是因為我們確實是飄下來的，這裡的重力只有我們那個時代的十分之一。」

「我們究竟在哪個地方與哪個年代？」檢查員泡泡紙先生問。

「我們在未來，六萬五千年後的未來！」泰瑞說。

未來比過去更容易飄浮

「這是有史以來最爛的時光機！」我說。

「才怪！我的時光機很棒，只是精密計時器運作出了問題。」泰瑞說。

「好吧，這是有史以來最爛的精密計時器。」我挫敗的用頭撞控制板……

但我的頭彈開了，彷彿控制板的材質是棉花糖。

「愚蠢的減弱重力！」我大喊。

「安迪，樂觀一點。」泰瑞說：「重力減弱超酷！我們出去四處蹦蹦跳跳吧。」

重力減弱超酷……

泰瑞急著出去，結果滑倒了，頭部著地。

「你還好嗎？」我説。

「當然！甚至一點都不痛！重力減弱了，記得吧？」
泰瑞説。

我看見一輛荷包蛋飛車衝向檢查員。我說：「小心！」

我太晚發出警告，飛車撞上了檢查員的頭……但它彈開了！

「我被荷包蛋飛車撞到，卻毫無感覺！」他說：「未來似乎一點危險也沒有！」

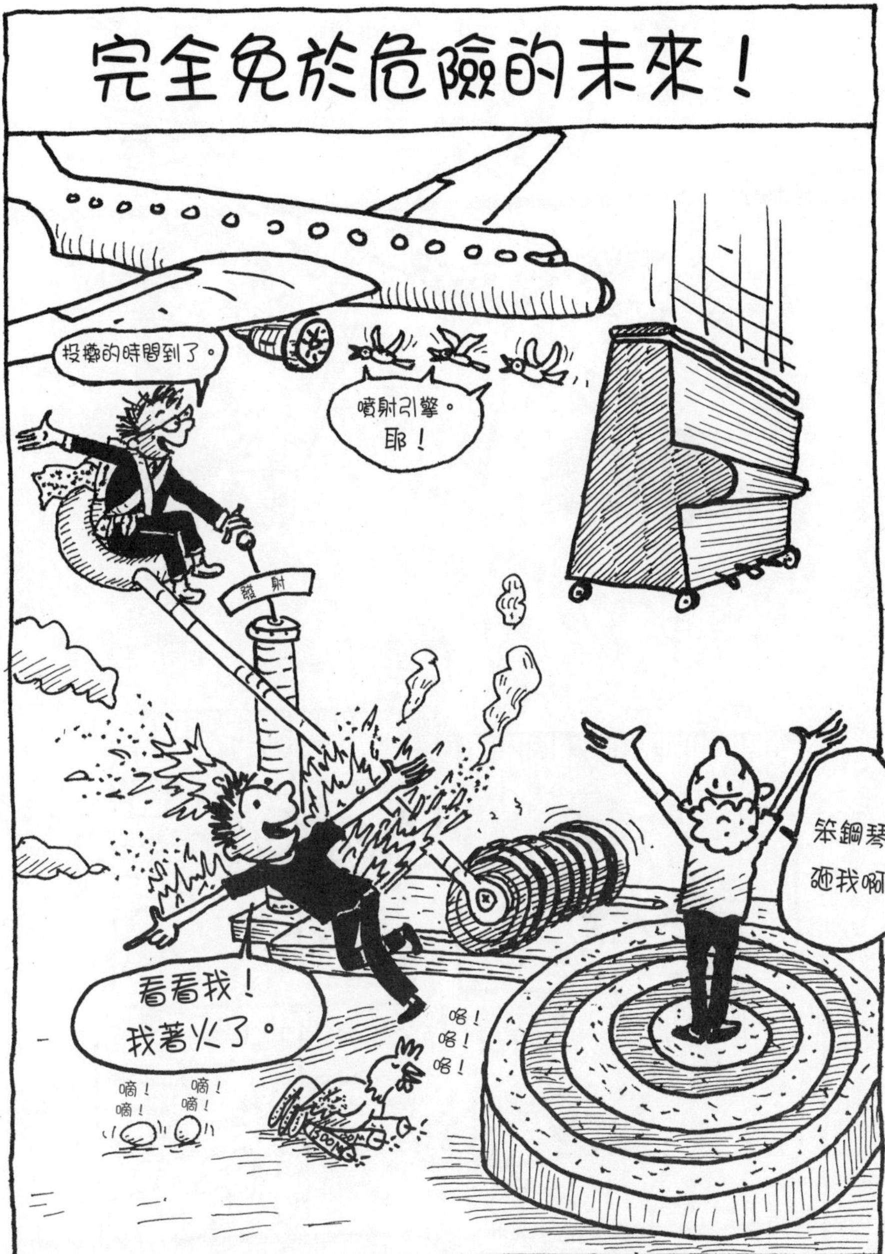

樹屋網
最新報導
由於缺少病患，醫院關了

「好！我們大玩特玩吧！」泰瑞説。

「看看我！我可以狂奔一頭撞上牆壁，然後彈開！」

啵嘰！

「看看我！」我說：「我在充滿食人鯊的水池裡游泳，但牠們的牙齒是橡膠材質，所以無法吃掉我！」

檢查員泡泡紙先生說：「看看我！我全身著火了，但火焰完全不燙，一點也不痛！」

「一點危險也沒有的未來超級棒！」我們大喊。

泰瑞再度狂奔
一頭撞上牆壁。
我再度跳進
鯊魚的嘴裡。
檢查員再度
燃燒自己。

啵嘜！

用力咬！

劈啪作響！

啵嘜！用力咬！劈啪作響！

接 著 我 們 再

做了一次……

又一次……

再一次……

又一次……

啵嚶！用力咬！劈啪作響！啵嚶！用力咬！劈啪作響！

再一次……

又一次……

再一次……

又一次……

「我厭倦了狂奔一頭撞上牆壁卻完全沒受傷。」泰瑞說。

「我厭倦了被食人鯊咬卻毫髮無傷。」我說。

「我厭倦了引火自焚卻毫無燒傷。」檢查員說。

我們大喊：「一點危險也沒有的未來好無聊！」

「我們何不看看電視呢？瞧，那裡的樹上有一台電視。」泰瑞説。

「好主意！未來的電視節目一定很棒！」我説。

「對，來看電視吧。」檢查員説：「電視看太多會傷眼，腦子會變差，但看一些無傷大雅……尤其現在我們非常無聊。」

「萬歲！」泰瑞的手在電視節目表上面滑動，「現在播映《汪汪叫的小狗叫汪汪》！」

「事實上，你會發現這個節目叫《不汪汪叫的機器小狗叫汪汪》。」我說。

「未來就連汪汪都很無趣！」泰瑞說。

「牠一直都很無趣，但現在電視台拿掉牠的聲音，牠變得更無趣了！」我說。

樹屋網 最新報導　就連汪汪的頭號粉絲也覺得消音的汪汪很無趣

某個酷似我的未來人低聲說：「嘿！你剛剛提到『無趣』嗎？」

　　「對啊，你們是未來的我們嗎？」我問。

　　「對啊，我叫安卓機，他是我朋友泰瑞機。」他說。

　　「酷，你們都是機器人？」泰瑞說。

「嗯，我們確實有模擬生物的零件，但依舊很像人類，我們仍想玩樂。」泰瑞機解釋。

「但我們再也不能玩樂了。」安卓機説：「中央安全總部控制了一切！」

檢查員泡泡紙先生説：「噢，我的天啊，我在中央安全總部工作，但我從沒想過總部會變得這麼強勢，完全禁止人們玩樂。」

「我知道有個方法可以讓我們找點樂子，我們去破壞中央安全總部吧。」泰瑞說。

　　「過去的泰瑞，不要太急，我們得先想個辦法進入總部，它受到押韻的密碼保護。」泰瑞機說。

檢查員說：「這點我幫得上忙，押韻的密碼是我創的，那是六萬五千年前的事，但我記得很清楚，彷彿那只是昨天的事。」

我們跳上安卓機的荷包蛋飛車，飛向中央安全總部。

樹屋網 最新報導　　記得六萬五千年前密碼的男人！

檢察員泡泡紙先生將臉湊到面板前，接著說：

阿圖默利勾利構桑普，

德安普德亞達雅虎。

辛頌耶露貝利，

伊拉瓦拉叮噹，

嘰哩呱拉嘰哩咕嚕噗！

我們屏息以待。

他輕輕「呼」的一聲後，大門開了。

「太棒了。」泰瑞低聲說。

我們迅速跟著檢查員沿著閃亮的長廊前進，進入寬敞的控制室。

裡面有著數百萬個自動按鈕、控制桿、刻度盤、開關，控制未來世界各方面的安全。

「我們從哪裡開始？這看起來很複雜！」我說。

「沒那麼複雜，這裡有個主控制板。」檢查員說。

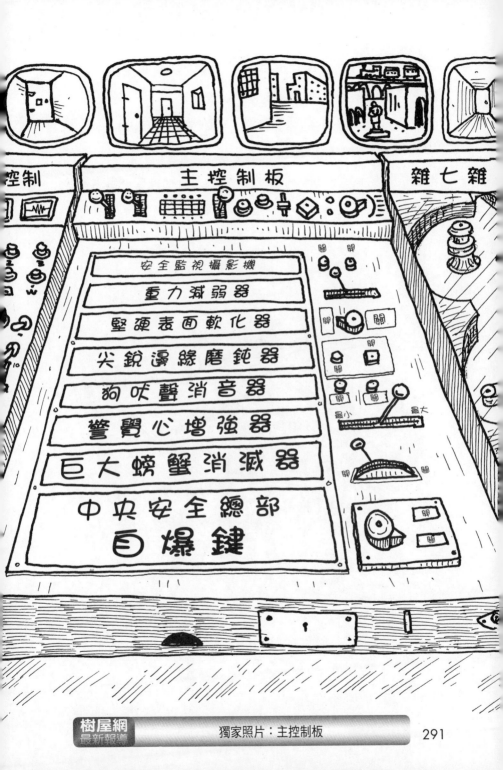

「我可以讓地球恢復原狀，只要把每個開關從『開』按至『關』就好，就像這樣。」檢查員說。

　　「巨大螃蟹消滅器的開關也關掉嗎？」泰瑞說。

　　「不，那個開關繼續開著，這樣一來地球上就不會有氾濫成災的巨大螃蟹。」檢查員說：「但我會按下自爆鍵，誰都無法再讓世界沒有一點危險。好了，搞定了。」

「你是指這個地方即將爆炸？」我說。

「對。」檢查員說。

「酷！什麼時候？」我說。

「大概十秒內。快跑！」檢查員說。

我們拔腿就跑……

恰好及時離開中央安全總部……

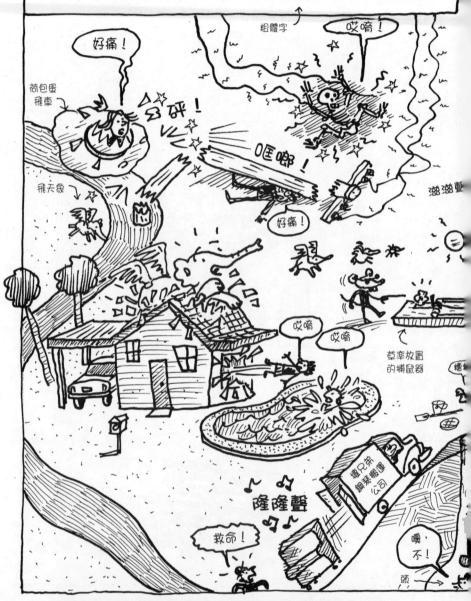

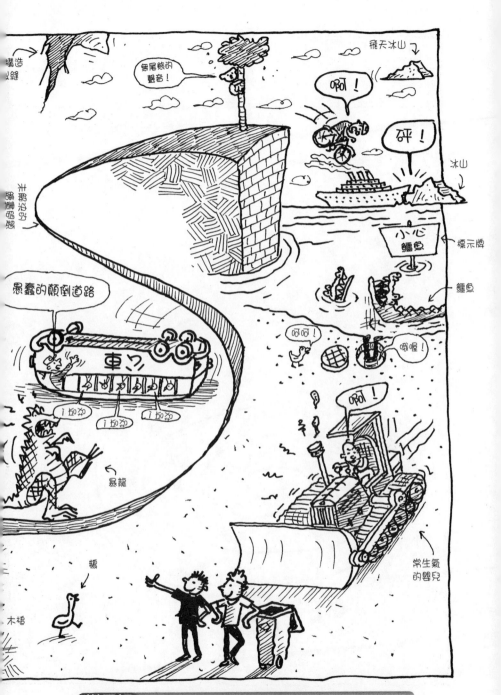

我們爬進垃圾桶時，泰瑞說：「我覺得我們完成在這裡的任務了。」

　　「現在我明白，太安全未必是好事。」檢查員說。

　　時光機開始旋轉，我說：「我真的希望這次我們會成功抵達核發建築許可證的辦公室。」

　　「我也是。」檢查員說：「嗯……大概吧……我的意思是……時光旅行還滿快快快快快快快快快快快快快快快快快快快快快快快……」

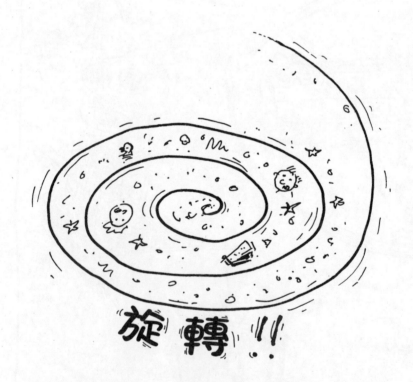

旋轉!!

第 11 章

未來的未來

我們轉啊轉的，不停的轉，直到終於停了下來。

泰瑞從垃圾桶往外看，並說道：「我有好消息，也有壞消息。壞消息是我們來到未來的六億五千萬年後，好消息是我們在海灘上。」

我環顧四周，這個海灘很怪異，海洋呈現黑色，天空是紅色。噢，對了，我們四周環繞著巨大的螃蟹。

「我不明白為何到處都是巨大的螃蟹，我確定那時可沒關掉中央安全總部巨大螃蟹消滅器的開關。」檢查員說。

　　「呃，你沒注意的時候，我可能再度關掉了。」泰瑞說：「我忍不住這麼做，我只是真的很想看看巨大的螃蟹。」

「泰瑞，你這個笨蛋！託你的福，現在地球上的巨大螃蟹氾濫成災。」我說。

「對，我知道，我很抱歉。但樂觀一點嘛，巨大的螃蟹很酷。」泰瑞說。

「對，你說得對。」我說：「牠們非常酷⋯⋯也非常非常危險！」

「但這很有趣。」泰瑞説：「這好像赫伯特・喬治・威爾斯的小説《時光機》結尾發生的事：時光旅人去了久遠後的未來、幾乎到時間盡頭的未來，降落在海灘上，那裡到處都是巨大的螃蟹！」

「我以為那是虛構的小説。」我説。

「我原本也這麼想！」泰瑞説：「但顯然它有事實根據，赫伯特・喬治・威爾斯一定親身經歷時光旅行，來到這裡……否則他怎麼能如此準確無誤的描述那個場景？」

樹屋網 最新報導　《時光機》的內容是事實，不是虛構

「噢，天啊，看看那裡。」檢查員說：「有隻巨大螃蟹抓起一個打扮老派的男人，巨大的蟹螯抓著他四處揮動！」

「那不是普通的老派男人，而是赫伯特・喬治・威爾斯！」泰瑞說：「我從書上的作者照片認出他來。」

「那是他，沒錯，我在哪裡都認得出那個鬍子。」我說：「我們最好去幫他，否則他就無法回到一八九五年，創作小說《時光機》，那本書啟發你做出時光旅行的垃圾桶，讓我們能回到過去，取得建築許可證，拯救樹屋免被拆除！」

檢查員跳出垃圾桶說：「交給我，我會救他！」

「等等我們！」我說：「你不能獨自對抗那麼巨大的
螃蟹！」

但檢查員已經跑得太遠，也太興奮，聽不見我的話。

樹屋網 最新報導　大家越來越擔心檢查員的精神是否正常

「他真的很喜歡冒險的事，對吧？」泰瑞説。

「或許喜歡得有點過頭了。我們最好去確認他沒事。」我説。

我們跳出垃圾桶，追在他後頭。

檢查員跑上前時，赫伯特‧喬治‧威爾斯大喊：「未來的人，幫幫我！我被巨大的蟹螯抓住了！」

　　「威爾斯先生，別擔心，我會救你！」檢查員説。

　　「你怎麼知道我的名字？」赫伯特‧喬治‧威爾斯問。

　　「我晚點向你解釋，首先我們得教導這隻螃蟹一些老派的禮貌。」檢查員説。

檢查員泡泡紙先生舉起筆與寫字板，彷彿它們是劍與盾牌，接著衝向螃蟹。

但螃蟹用另一隻蟹螯抓住檢查員，抓著他在半空四處揮動。

「噢，天啊，那看起來不太有效，或許我該試試氣球。」泰瑞說。

他拿出口袋裡的氣球。

「等一下！」我說：「控制蛇是一回事，但我從沒聽過控制螃蟹⋯⋯尤其是巨大螃蟹。」

「我不打算控制牠們。螃蟹痛恨氣球尖銳的聲音，大家都知道這件事！」泰瑞說。

「我甚至不知道螃蟹有耳朵。」我說。

「嗯，嚴格來說，牠們沒耳朵。」泰瑞解釋：「但可以感覺到聲音，而牠們不喜歡氣球尖銳聲音帶來的感覺。」

樹屋網最新報道　發出尖銳聲音的氣球讓螃蟹變得易怒？

泰瑞將氣球吹飽，捏住氣球頸，直接朝著螃蟹開始放氣，氣球發出尖銳刺耳的聲音。

螃蟹的觸鬚開始瘋狂甩動。牠全身顫抖，左右搖晃。

　　泰瑞持續用氣球發出尖銳聲，直到那隻螃蟹將赫伯特．
喬治．威爾斯與檢查員用力扔到地上，急忙逃走。

樹屋網
最新報導　　　　瘋狂的螃蟹逃離犯罪現場

赫伯特·喬治·威爾斯站起來，拂去粗花呢西裝上的沙子，說道：「呼，好險。」

「有些人的處境更危險。瞧瞧檢查員！」泰瑞說：「巨大螃蟹的蟹螯將他切成兩半！」

「噢，不！我們該怎麼辦？」我說。

「泡泡紙。」泰瑞說。

「好主意，捏泡泡紙總是能讓我冷靜下來。」我說。

「安迪，泡泡紙不是用在你身上，而是給檢查員的。」
泰瑞說：「我們可以用泡泡紙將他再度接回原樣。快點！
趕緊去拿他的腿，將它放在恰當的位置。」

樹屋網 最新報導　開始用泡泡紙裹住泡泡紙先生

泰瑞用力拉著檢查員的泡泡紙，
纏繞檢查員的身體……

纏啊纏的……

繞啊繞的。

最後檢查員完好如新。

他跳起來大喊：「這、太、棒、了！你們剛剛
看到我的表現了嗎？我跟巨大的螃蟹搏鬥，
而且完全不害怕！如果你們不相信我說的
話，瞧瞧這張自拍照！」

樹屋網
最新報導　泡泡紙先生被泡泡紙裹住了！

　　「這真的非常英勇，或許稍微有勇無謀，但我永遠感恩不盡。」赫伯特・喬治・威爾斯説：「來自未來的恩人，以及拿著神奇透明包裝紙的這兩位，你們與這些甲殼動物一起住在此地嗎？」

「噢，不是，我們同樣來自過去，只是不像你的年代這麼古早。」泰瑞說。

「你們是時光旅人？」他問。

「對，那裡就是我們的時光機。它之前是垃圾桶，我讀了你的小說後受到啟發，將它改成時光機。」泰瑞說。

「你說的是哪部作品？」赫伯特・喬治・威爾斯問。

「當然是《時光機》。」泰瑞回答。

「《時光機》？」赫伯特‧喬治‧威爾斯緩緩複述，接著又說：「但我還沒寫出這部作品啊。」

　　「還沒寫，但以後會寫。」我說。

　　「對，我想是的，那個點子聽起來很棒，我會寫出自己的時光旅行冒險故事。」他說。

　　「那就是我們做的事，我們寫的故事大多是確實發生在我們身上的事。」泰瑞說。

　　「對啊，真實生活非常有趣，為何要虛構故事呢？」我說。

「你們也是作家？」赫伯特・喬治・威爾斯問。

「對啊。我是泰瑞，他是安迪，他寫故事，我畫插圖。」泰瑞說。

「我的工作是檢查建築物，非常樂意為您效勞，也很榮幸能認識你。」檢查員說。

「我也很榮幸能認識你們三位。」赫伯特・喬治・威爾斯說：「你們救了我，讓我免受形似螃蟹的巨大生物所害，我該如何報答你們？」

樹屋網 最新報導 赫伯特・喬治・威爾斯說：「我可以幫什麼忙？」

「你可以協助我們修理時光機嗎？」泰瑞問。

「我會盡力。確切的問題是什麼？」赫伯特・喬治・威爾斯說。

「精密計時器卡在數字5與數字6，只有數字0在動。」泰瑞說。

赫伯特・喬治・威爾斯微笑並點頭：「啊，沒錯，我也碰過很多次，精密計時器有時會故障……我瞧一瞧。」

赫伯特‧喬治‧威爾斯說：「問題出在這裡，這顆爆米花卡在肚臍周儀器。我已經重新設定精密計時器，但它有些故障，恐怕它只能帶你們回到時光旅行啟程的時間。」

　　「威爾斯先生，謝謝你。」泰瑞說。

　　「謝謝你。」我說：「雖然我們無法取得建築許可證，但至少能回到我們的時代。」

　　　　本頁新詞：肚臍周儀器

赫伯特·喬治·威爾斯說：「我了解，我跟你們一樣
渴望回到自己的時代。正如你們所知，我有一部小說要寫，
而一如既往，截稿期限迫在眉睫。若是你們允許，我想將
你們寫進故事裡，描述你們的英勇表現。」

　　「這可能是個問題。」我說：「我們與大鼻子編輯先
生簽的合約不允許我們出現在其他人的書裡。」

赫伯特・喬治・威爾斯點頭說：「我發現你們那個時代的編輯並未比我那個時代的編輯講理，我想有些事情從未改變。放心，我不會在書裡提到你們。」

　　「你的編輯也有個大鼻子嗎？」泰瑞問。

　　「事實上，他的鼻子真的很大。我有他的照片，瞧，對吧？」赫伯特・喬治・威爾斯說。

　　「天啊！」泰瑞說。

赫伯特・喬治・威爾斯說：「結果好，萬事好。各位先生，很高興認識你們，再見，祝時光旅行順利。」

「真希望我們能帶一隻巨大的螃蟹回去。」泰瑞說。

「好點子，但牠們很危險，而且垃圾桶裡塞不下。」我說。

「真可惜，我很想看看巨大的螃蟹與大象拳擊手鼻王誰會贏。」泰瑞説。

「對啊，我也想看！那真的值得一看。」檢查員説。

我們爬進時光機。

泰瑞説：「抓緊了，我們出發囉，回到現在在在在在在在在在在在在在在在在在在在在在在在在在在在在在在在在在在在在……」

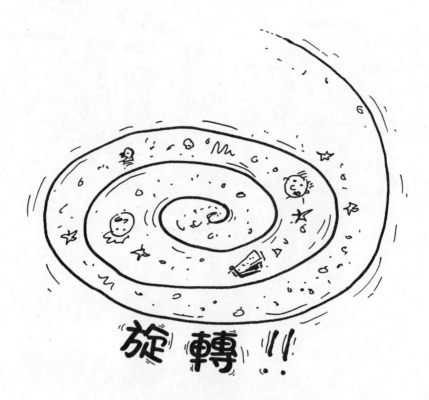

旋轉！！

第 12 章

回到現在

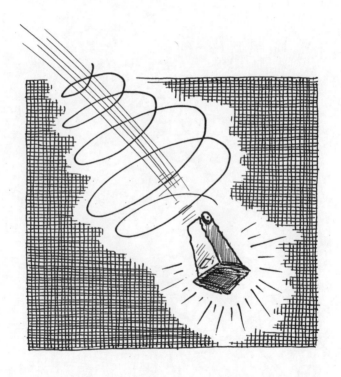

　　我們在時間裡旋轉，回到過去，我祈禱我們會安全回到樹屋，我覺得我們彷彿離開樹屋很久了。

「嘿，我聞到棉花糖的香味！」泰瑞說。

「還有檸檬汽水的味道！」檢查員說。

「還有巧克力、披薩、冰淇淋、棒棒糖、碰碰車、爆米花、螞蟻的味道！我們一定很接近樹屋了！」我說。

樹屋網 最新報導　　　甜蜜的家，充滿香味的家

我打開垃圾桶蓋，果然沒錯，我看見我們直接衝向那棵大樹。

我們的樹屋。

我們的蟻巢。

我們的蟻巢？

我們的蟻巢！

吉兒要求我們承諾再也不去擾亂的蟻巢！！！

蟻巢

雲朵 →

樹屋

「泰瑞，你可以設法避開蟻巢嗎？或許改成衝向巧克力噴泉？或是游泳池？」我說。

「我沒辦法控制時光機！」泰瑞說：「我忘了請赫伯特・喬治・威爾斯修理轉向裝置，大家做好準備！」

樹屋網 最新報導　時光旅人準備顛簸降落

我們全部跌出垃圾桶，落在曾經是蟻巢的地方。

到處都是螞蟻，生氣的螞蟻甚至比之前更憤怒。牠們不久就重新聚集……變成憤怒的巨大拳頭！

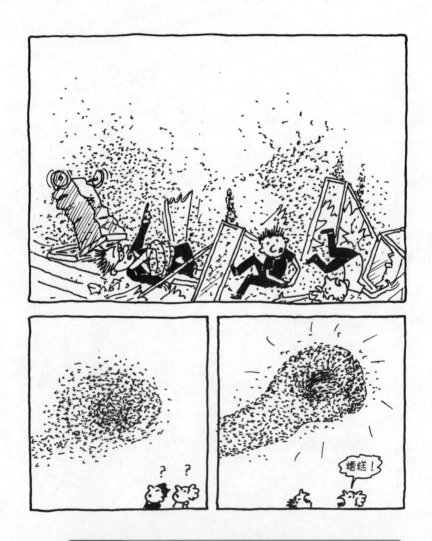

螞蟻形成的這個拳頭舉起來，就在我們的上方。我們閉上眼睛，準備被拳頭揍昏。

我靜靜等待。

什麼事都沒發生。

我睜開眼睛。

螞蟻形成的拳頭仍停在我們上方，但是不打算落下。

檢查員似乎有些失望。

我瞥了泰瑞一眼，他的頭上有一隻外表奇特的大螞蟻，牠朝著形成巨大拳頭的螞蟻扭動觸角。

樹屋網 最新報導　　　　避開被拳頭揍昏的命運？

「我頭上有東西嗎？」泰瑞問。

「有，一隻大螞蟻，我想牠正在跟我們的螞蟻說話。」
我說。

「牠一定是我在大鼻龍爆炸時救的那隻史前螞蟻！」
泰瑞說：「牠從頭到尾都在我的口袋裡！我完全忘了牠的
存在！」

我們下方傳來一道
細微的聲音：「你忘的
可不只是牠！」
我們低下頭，
看見一位小小的人
拿著迷你擴音麥克風。

樹屋網
最新報導　　　　大鼻龍爆炸時救的遠古螞蟻

「吉兒，是妳嗎？」我問。

「當然是我！」她說：「你們去哪裡了？你們離開了，留下小小的我在這裡。我差點被蜘蛛吃掉，你們知道當你的體型和螞蟻一樣時，蜘蛛變得多可怕嗎？」

「吉兒，我很抱歉！」我說：「我們得時光旅行回到過去，取得樹屋的建築許可證，阻止樹屋遭到拆除。但泰瑞無法控制時光機，所以我們回到過去的各個時代，也去了未來……因此我們……嗯……就完全忘了妳。」

樹屋網
最新報導　吉兒拿著迷你擴音麥克風發飆

「哼，顯然是這樣！」她說。

「我們做了漫長的旅行，這是千真萬確的事。」檢查員說：「但根據我的手表顯示的時間，現在距離我們當初離開只過了幾分鐘而已。」

「我覺得這段時間比幾分鐘漫長多了，當你的體型很迷你，時間會過得比較快，我和螞蟻住在這裡一整年了，我以為你們永遠不會回來了！」吉兒說。

吉兒與螞蟻共度的一年（眨眼之間）

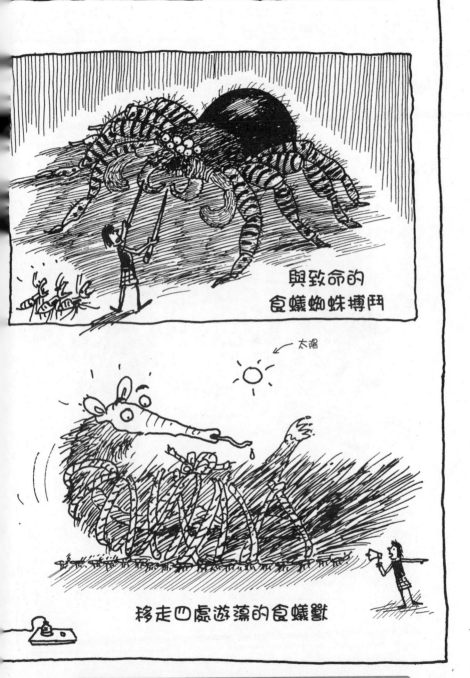

與致命的
食蟻蜘蛛搏鬥

太陽

移走四處遊蕩的食蟻獸

「妳能原諒我們嗎？」我問。

「噢，好吧，我必須承認那並非全然很糟糕，真正的問題在於，螞蟻能否原諒你們違背了永遠不再擾亂蟻巢的神聖誓言。」吉兒説。

「牠們似乎已經原諒了我們，嗯，至少原諒了泰瑞。」我説：「瞧，牠們排列出巨大的螞蟻感謝狀！」

 　本頁新詞：螞蟻感謝狀

深深感謝

泰瑞在大鼻龍爆炸時

拯救螞蟻的史前祖先，

你是所有螞蟻的英雄，

我們將永遠不再壓扁

或踩扁你（或安迪）!!!

致上螞蟻伙伴的愛

簽名

螞蟻女王四世

「那就是螞蟻王國的特點，在我認識的人裡，螞蟻很善良。」吉兒說。

「妳希望我把妳的身體畫回正常的大小嗎？」泰瑞問。

「現在先不要，我還有一些事得做，而且螞蟻需要別人幫忙重建蟻巢。等我準備好了，會用迷你擴音麥克風叫你。」吉兒說。

「嗯，一切的結果都很不錯。」泰瑞說。

「對，除了我們依然沒有建築許可證。」我說。

「噢，對，我完全忘了這回事，這是一開始我們去時光旅行的原因……現在時光機壞了，我們也無法回到過去了。」泰瑞說。

我轉向檢查員問道：「所以我們仍然需要建築許可證？」

他說：「恐怕如此，沒有建築許可證，我就無法取消拆除的事，而因為你們的樹屋違反了建築法規＊的所有條目，我無法核發許可證。」

＊注：請見第98-105頁。

「但你不能通融嗎？這次就好？你好像真的很喜歡時光旅行與所有發生過的危險事情！」泰瑞說。

「嗯，對，但是……」檢查員說。

「戰車比賽比搖搖馬賽馬場或碰碰車場危險多了。」泰瑞說。

「那窩角螳讓我們的蛇梯棋看起來像兒童動物園一樣無害！」我提醒檢查員。

「還有，那個跟巨大螃蟹搏鬥的人不就是你嗎？記得嗎？」泰瑞說。

　　泰瑞把檢查員的自拍照拿給他看。

　　「對，我真的這麼做了，對吧？」檢查員說：「我真的跟巨大的螃蟹搏鬥了。」

　　「你真的做了，有史以來，世界上誰也不曾跟如此巨大危險的螃蟹搏鬥。」我說。

樹屋網 最新報導　　與螃蟹搏鬥的自拍照鼓舞了檢查員

檢查員撫著下巴沉思：「嗯，讓我想一想。考慮到我們共同經歷的一切，我打算稍微通融。我可以忽略一些事情，像是鯊魚、保齡球道、電鋸⋯⋯但你們沒有無障礙坡道，我絕對無法對這一點視而不見，所以無論我多麼想核發建築許可證給你們，真的就是做不到。我幫不上忙。」

「如果我們建個無障礙坡道呢？」我說。

「那就沒問題！」檢查員説：「如果你們建無障礙坡道，我就能核發建築許可證給你們，接著請拆除小組回去，但你們恐怕沒有太多時間，他們隨時會抵達。」

「沒問題，我們做得到，但我們需要額外的安迪與泰瑞。」我説：「泰瑞，趕快！我們趕緊去複製機器！一分鐘也不能浪費！」

樹屋網最新報導　　　聰明的作者提議用複製人！

運動輪軸（新的）

補水器（新的）
蒸氣幫補（新的）
發信機（新的）
真正的安迪

察力敏銳的讀者會發
忙碌的企鵝為複製機
做的所有改善之處

非常忙碌的
企鵝

有了複製人與吉兒的動物協助，我們以超快的速度建好了無障礙坡道，並及時舉行了盛大開幕式。

無障礙坡道盛大開幕式

鱷魚池 →

盛大開幕式

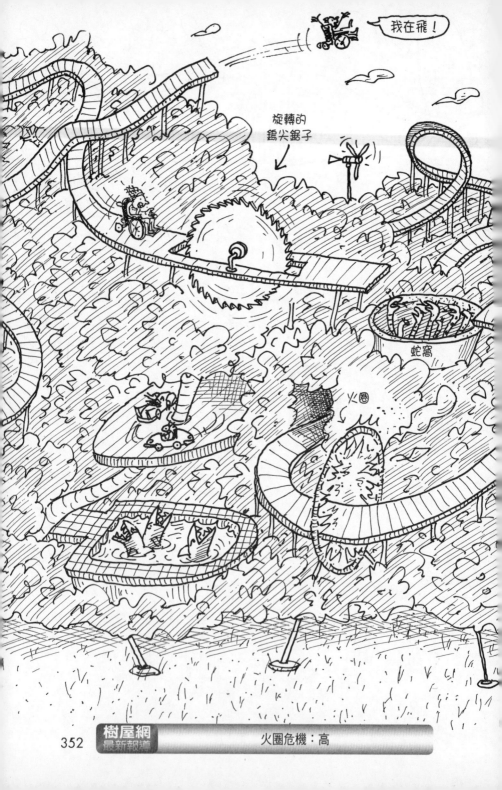

我問檢查員：「你覺得如何？」

「我這輩子檢查了許多坡道，這是至今我看過最危險的一個……我很愛！」他說。

他在寫字板上簽署一份文件，將它遞給我們並唱道：

你們建的坡道很完美，

獲得我的批准蓋章，

現在你們的樹屋有了建築許可證，

不必被拆光光。

樹屋網
最新報導　檢查員簽署了建築許可證：樹屋得救了！

泰瑞說：「酷！我們可以把建築許可證放在樹幹上，就放在螞蟻感謝狀旁邊。」

檢查員與我們握手，繼續唱道：

現在我已完成任務，
只剩撤回拆除小組，
我要向你們告別，
往後有緣再晤。

檢查員抓住一根藤蔓，
穿越樹葉盪到下方，
進入森林。

「現在我可以說那句話了嗎？」泰瑞問。

「哪句話？」

「一切的結果都很不錯。」

「還不行，因為我們仍有件事沒完成。」我說。

「什麼事？」泰瑞問。

「我們還沒寫書，中午十二點截稿！」

「現在幾點了？」

「快要十二點了。」

「天啊！」泰瑞說。

第 13 章

結局

「但我們不可能在十二點之前完成那本書，我們甚至還沒開始動筆。」泰瑞說。

「只有你而已！」我說：「我已經完成第一章了，也開始動筆寫第二章，卻不得不停下來，因為你勒住我的脖子。」

嘿，蟲蟲，別再把我的保齡球吃出洞了。

　　「嗯，對，但嚴格來說，那不是我，那是假裝成我的螞蟻。」泰瑞說。

　　「嗯，對，但嚴格來說，螞蟻非常生氣是你的錯。」我提醒他。

「嗯，嚴格來說，你說得對。」他說：「但嚴格來說，牠們生氣，你也有責任。」

「嗯，如果你想嚴格討論這件事，對，你說得沒錯，但沒關好蟻巢的門的人是你。」

「嗯，嚴格來說，沒錯，但嚴格來說……」

吉兒透過迷你擴音麥克風說：「不好意思！我可以打岔一分鐘嗎？」

「嗯，嚴格來說，妳已經這麼做了。」我說。

「為什麼你們不請螞蟻協助呢？」她問。

「牠們可以怎麼幫助我們？」我問。

「牠們擅長構成文字和圖案，動作也很快。」吉兒說：「你們看過牠們非常迅速地排出螞蟻感謝狀。」

「但牠們如何能寫出一整本書並且畫插畫？」我說：「牠們甚至不知道故事內容。」

「很簡單，你們把故事告訴我，我再告訴牠們，牠們可以馬上完成。」吉兒說。

「好。」我説：「嗯，我叫安迪。」

「我叫泰瑞。」泰瑞説。

「我們住在樹上……」我説。

「呃，我已經知道這些了，你們或許會希望稍微加快速度。請記住，你們沒有太多時間。」吉兒説。

「説得好，我們會加快説故事的速度。」我説。

「好，牠們完成了，瞧！」吉兒說。

「哇！看看牠們在動，牠們就在我們眼前排出各頁的內容。」泰瑞說。

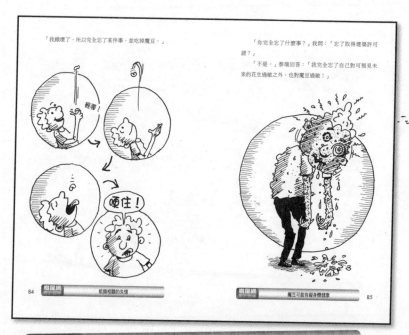

「我餓壞了，所以完全忘了某件事，並吃掉魔豆。」

「你完全忘了什麼事？」我問：「忘了取得建築許可證？」

「不是，」泰瑞回答：「我完全忘了自己對可預見未來的花生過敏之外，也對魔豆過敏！」

輕鬆！

哽住！

84　樹屋網　　　　　　　　亂鳥相關的失憶

樹屋網　　　　　　　　魔豆可能有礙身體健康　　　85

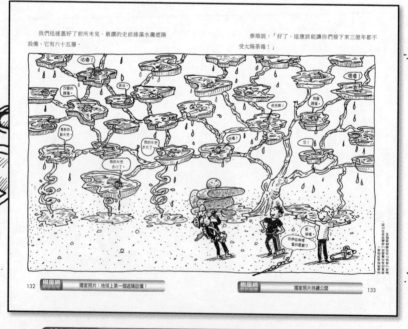

樹屋網
最新報導

第四章與第五章：獨家試閱！

接著，長得像我的那隻猴猴開始猛拉我的褲子。
「你們這些笨蛋是哪裡不對勁？」我說：「你們沒發現我們有大麻煩嗎？」

泰瑞說：「他說得對！我們一分鐘都不能浪費，我從沒看過這種即將爆炸的鼻子！」

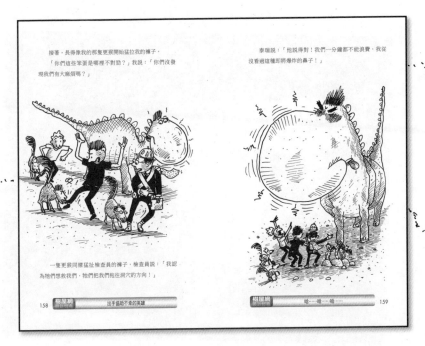

一隻更猴同樣猛拉檢查員的褲子，檢查員說：「我認為牠們想救我們，牠們把我們拖往洞穴的方向！」

我打開垃圾桶蓋，說道：「哇，瞧！穴居男人！」
泰瑞說：「還有穴居女人！穴居小孩……穴居狗兒！」

「他們看起來不太開心，」我說。
「對，他們一臉無聊，」泰瑞說。

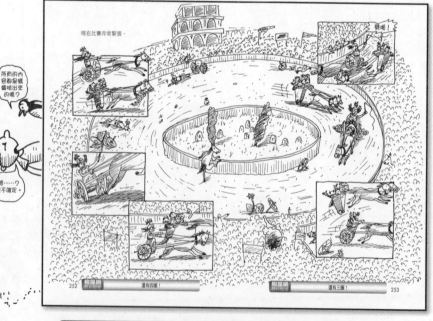

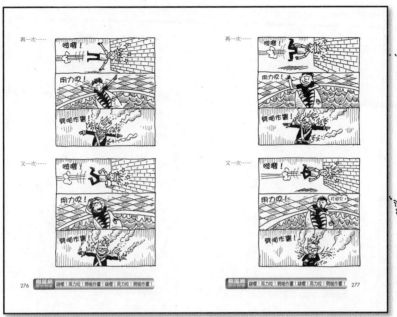

「這是我們至今最棒的作品。想想看，這都是螞蟻完成的！但我們要如何準時送到大鼻子先生手上？」我說。

　　「我知道！」泰瑞說：「我們去問那三隻睿智的貓頭鷹。」

　　「你真的認為那是好主意嗎？」吉兒問。

　　「對，牠們非常睿智。」泰瑞說。

　　「我可不這麼想」吉兒說。

　　「但建議我們時光旅行去取得建築許可證的是牠們，那是好主意……嗯，算是吧。」我說。

「好吧，我想那也無妨。」吉兒跳到我肩上，我們一起前往睿智貓頭鷹屋。

「噢，睿智的貓頭鷹！」泰瑞說：「請問我們如何能將這本書準時送到大鼻子先生手上？」

樹屋網最新報導　諮詢睿智的貓頭鷹關於書籍遞送的難題

「牠們想告訴我們什麼？」我問。

「我不知道，但那聽起來非常睿智。」泰瑞說。

「我並不覺得，聽起來就像牠們只是隨意說了一些字。」吉兒說。

「那些不是隨意的字，你將它們組合在一起，就會顯露出隱藏的意義。」泰瑞說。

吉兒說：「好吧，那『起司條、手肘、呼、嘰哩咕嚕、布嚕、雞、甜酸醬、便便』的隱藏意義是什麼？」

泰瑞望著我。

我望著泰瑞。

我們一起聳肩。

忽然之間，我們聽見響亮的轟隆聲，一輛摩托車飛越樹葉，煞車停在我們前面。

摩拖車騎士下了車，脫掉安全帽。

我說：「檢查員泡泡紙先生？！」

樹屋網
最新報導　　騎著摩托車的泡泡紙先生衝進來！

「任憑差遣，但我不再是檢查員了，而是特技演員，從現在開始，你們可以稱我為『超級泡泡紙先生』。」他說。

　　「但安全是你生命的全部！」泰瑞說。

　　「它曾是我生命的全部。我已將工程帽換成安全帽，決定當個特技演員，我回來感謝你們兩位讓我的人生變得更美好。」超級泡泡紙先生說：「現在是怎麼回事？你們一臉憂慮。」

「這跟我們的新書有關，我們得在一分鐘內送到大鼻子先生手上，但他的辦公室在森林另一頭的城市裡！」我說。

　　「這聽起來就像超級泡泡紙先生的任務！」他說：「我不只會準時送到，還會用最引人注目的危險刺激方式送到，你們新的無障礙坡道非常適合這種特技表演。」

超級泡泡紙先生拿了我們的書，戴上安全帽，再度跨上摩托車。他騎出樹屋，進入森林，盡量拉長助跑距離。

「軌道清空！超級泡泡紙先生要來了！」我說。

我們聽見他的摩托車引擎加速的聲音，接著他沿著軌道騎車飛馳……接著飛向空中……

他飛越森林，朝著城市前進……

他接近大鼻子出版社的辦公室，大鼻子先生坐在辦公
桌前，看著超級泡泡紙先生越來越近……

越來越近…… 越來越近……

樹屋網
最新報導 機車轟鳴聲！

直到他衝破窗戶……

送達那本書……

接著再度騎出辦公室！

「這、太、棒、了！」泰瑞說。

「對啊，我從沒見過那樣的飛越，但他把那本書丟在大鼻子先生的辦公桌上時，螞蟻跑得到處都是！」我說。

樹屋網
最新報導　　　作者擔憂螞蟻構成的書

「別擔心，牠們記得自己的位置，很快就會回到原位。」吉兒說：「泰瑞，可以請你把我畫回正常的大小嗎？」

　　「當然可以。」他說。

　　「但我可以留著迷你擴音麥克風嗎？我跟長頸鹿說話的時候可能用得著。」吉兒說。

　　「還有跟巨人說話的時候。」我說。

擴音麥克風

「說到這，我最好趕快回寵物美容沙龍，我答應了史前螞蟻要讓牠的髮型跟得上時代，牠現在的髮型有點老土！」吉兒說。

樹屋網 最新報導　　古老螞蟻的全新造型

吉兒離開後，我說：「嗯，我們最好上去樹屋新聞網，我們要宣布一些重要消息。」

　　泰瑞說：「什麼重要消息？」

　　「我們即將為樹屋加蓋十三個樓層！」

泰瑞說：「耶！七十八層的樹屋。其中一個新樓層可不可以是得來速洗車服務？這樣我們就可以搖下窗戶開過去？我一直想試看看！」

我說：「我也是！就這麼做吧！」

這是開罐器。

← 這是企鵝。

這是結尾。

完。

故事館 34

瘋狂樹屋 65 層：驚奇時空歷險記
The 65-Storey Treehouse

作　　　者	安迪·格里菲斯（Andy Griffiths）
繪　　　者	泰瑞·丹頓（Terry Denton）
譯　　　者	廖綉玉
封 面 設 計	翁秋燕
責 任 編 輯	丁　寧

國 際 版 權	吳玲緯　蔡傳宜
行　　　銷	何維民　吳宇軒　陳欣岑　林欣平
業　　　務	李再星　陳紫晴　陳美燕　葉晉源
副 總 編 輯	巫維珍
編 輯 總 監	劉麗真
總 經 理	陳逸瑛
發 行 人	凃玉雲
出　　　版	小麥田出版

10483 台北市中山區民生東路二段 141 號 5 樓
電話：(02)2500-7696
傳真：(02)2500-1967

發　　　行　英屬蓋曼群島商家庭傳媒股份有限公司
城邦分公司
10483 台北市中山區民生東路二段 141 號 11 樓
網址：http://www.cite.com.tw
客服專線：(02)2500-7718 ｜ 2500-7719
24 小時傳真專線：(02)2500-1990 ｜ 2500-1991
服務時間：週一至週五 09:30-12:00 ｜ 13:30-17:00
劃撥帳號：19863813　戶名：書虫股份有限公司
讀者服務信箱：service@readingclub.com.tw

香港發行所　城邦（香港）出版集團有限公司
香港灣仔駱克道 193 號東超商業中心 1/F
電話：852-2508 6231
傳真：852-2578 9337

馬新發行所　城邦（馬新）出版集團 Cite (M) Sdn Bhd.
41-3, Jalan Radin Anum,
Bandar Baru Sri Petaling,
57000 Kuala Lumpur, Malaysia.
電話：+6(03) 9056 3833
傳真：+6(03) 9057 6622
讀者服務信箱：services@cite.my

麥田部落格　http:// ryefield.pixnet.net
印　　　刷　漾格科技股份有限公司
初　　　版　2016 年 12 月
初 版 7 刷　2021 年 8 月
售　　　價　380 元
版權所有　翻印必究
ISBN 978-986-93526-3-5
Printed in Taiwan.
本書若有缺頁、破損、裝訂錯誤，請寄回更換。

THE 65-STORY TREE HOUSE
Text copyright © Backyard Stories
Pty Ltd, 2015
Illustrations copyright © TJ & KA
Denton, 2015
This edition arranged with Curtis
Brown Group Ltd.
through Andrew Nurnberg
Associates International Limited

國家圖書館出版品預行編目 (CIP) 資料

瘋狂樹屋 65 層：驚奇時空歷險記 /
安迪．格里菲斯 (Andy Griffiths)
著；泰瑞．丹頓 (Terry Denton)
繪；廖綉玉譯．－ 初版．－ 臺北市：
小麥田出版：家庭傳媒城邦分公司
發行，2016.12
面；　公分
譯自：：The 65-storey treehouse
ISBN 978-986-93526-3-5（平裝）

887.159　　　　　　104020790

城邦讀書花園
www.cite.com.tw
書店網址：www.cite.com.tw

準備好想像力，啟動好奇心，歡迎來到「瘋狂樹屋」！
最無厘頭的雙人組合，展開翻天覆地大冒險，
在這裡，所有想像都能成真！

瘋狂樹屋13層
安迪和他的祕密實驗室

瘋狂樹屋26層
海盜船與死亡迷宮

瘋狂樹屋39層
月球上的屁比頭教授

瘋狂樹屋52層
潛入蔬菜王國大冒險

瘋狂樹屋65層
驚奇時空歷險記

瘋狂樹屋78層
誰是電影大明星？

瘋狂樹屋91層
潛入海底兩萬哩

瘋狂樹屋104層
安迪的牙齒非常痛

★ 翻譯為二十五種語言版本，全世界小孩都愛瘋狂樹屋

★ 曾榮獲澳洲書業年度童書獎、ABIA 青少年讀物獎、APA 童書書本設計
   獎、COOL 最佳小說獎、KOALA 最佳小說獎、KROC 青少年小說獎、
   YABBA 最佳小說獎、比利時荷語兒童評審年度童書獎、西澳大利亞青
   少年圖書獎等多項大獎

瘋狂樹屋 13 層：安迪和他的祕密實驗室

安迪和泰瑞打造了完美的樹屋，最神奇的是能研發出任何神秘機器的「地下實驗室」！泰瑞製造出巨型香蕉，沒想到卻是接二連三災難的開始。香蕉引來調皮搗蛋的不速之客，甚至，樹屋面臨倒塌的危險！是誰想要破壞他們的祕密基地？安迪和泰瑞能安全度過危機嗎？

瘋狂樹屋 26 層：海盜船與死亡迷宮

史上最邪惡的海盜船長「木頭木腦」復活，海盜軍團在樹屋現身了！安迪、泰瑞能和吉兒攜手擊退海盜，奪回自己的樹屋嗎？神奇的飛天貓「絲絲」願意幫忙嗎？快翻開書頁，來一趟穿梭於樹屋與海洋之間的超級大冒險！

瘋狂樹屋 39 層：月球上的屎比頭教授

顧著玩耍的安迪和泰瑞忘了寫新書，眼看著大鼻子先生又要大發雷霆，幸好，安迪發明了會自動寫書的「從前的時光機」！他們只要躺著等機器寫完書就行。沒想到機器卻獨占新書，甚至將安迪和泰瑞趕出樹屋！

瘋狂樹屋 52 層：潛入蔬菜王國大冒險

不吃青菜好困擾！討厭水果怎麼辦？生薑、大蒜、洋蔥軍團即將到來，蔬菜城堡就在不遠處，城牆還是蘆筍做的！蔬菜國民要把安迪與泰瑞煮成湯了！大朋友的苦惱、小朋友的心事，蔬菜王國，我們該拿你怎麼辦？

瘋狂樹屋 65 層：驚奇時空歷險記

安迪和泰瑞最愛的樹屋竟然是「違章建築」，拆除大隊馬上就要來拆房子了！拯救樹屋的唯一方法，就是搭乘時光機回到六年半以前，申請「建築許可證」。沒想到，不靈光的時光機帶著安迪和泰瑞來到六億五千萬年前、六千五百萬年前、六萬五千年前、六千五百年前……

瘋狂樹屋 78 層：誰是電影大明星？

安迪跟泰瑞打算拍一部樹屋電影，「大導演先生」卻找了一隻長臂猿加入，與泰瑞一同演出。最佳拍檔的位置遭人取代，安迪氣壞了，灰心的他只好闖關重重保全，去吃他最愛的洋芋片。沒想到洋芋片只剩下一片，難道是泰瑞搞的鬼？

瘋狂樹屋 91 層：潛入海底兩萬哩

瘋狂樹屋的瘋狂指數快速飆升！安迪與泰瑞這回當起了臨時保母，為了保護小孩，他們掉進了世界上最大的漩渦，潛入海底兩萬哩，接著受困在無人島上，還掉入巨無霸蜘蛛網中。他們找算命師求助，卻想不到最大的危機一直都在身邊！

瘋狂樹屋 104 層：安迪的牙齒非常痛

世界上最痛的牙痛全面襲擊！不用怕，拔牙大隊出動啦！偏偏這時候，一百隻熊開始了史上最慘烈的麵包大戰，聖母峰上的大鳥也來亂！牙仙又遲遲不來救，安迪和泰瑞如何度過樹屋生涯最大危機？！

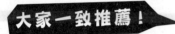

大家一致推薦！

天馬行空又行雲流水的圖文，是本讓孩子一起瘋狂開懷的絕妙作品！

—— 小熊媽（親職教養作家 張美蘭）

每翻一頁，就期待著泰瑞帶領我們看見不同的人生風景，即使他總是漠視手上該做的急事，總是無事生波瀾，把平靜生活搞得雞飛狗跳，總是無端冒出人生軌道外的刺激挑戰，讓身旁的人忙著滅火善後。但，沒有人能否認，正因為這樣的創新與毀滅，我們有了新的格局與眼界！ —— 溫美玉（南大附小教師）

讀者在閱讀這系列故事時，肯定邊跳邊讀、眼睛發光、快樂指數直線上升、頭腦裡沉睡許久的神經突觸瘋狂連結！幽默破表的作者想像力彷彿沒有盡頭，讀者一翻開書頁，就像搭上直通宇宙的雲霄飛車，捧腹歡笑的同時還得緊緊抓住握桿。

—— 黃筱茵 （兒童文學工作者）

本系列具有翻譯圖像小說的創新處，用自由不羈的線條表現，讓人感覺輕鬆與動態、活潑。書中作者與讀者對話、揭穿創作者心路歷程的基本架構，可以同時滿足圖像與文字閱讀慣性的孩子閱讀習慣。

—— 黃愛真（教育部閱讀推手，高雄市立一甲國中閱讀教師）

樹屋系列很適合親子共讀。可以讀給孩子聽之外，書中用字平淺、貼近生活用語，所以也可以讓孩子讀給你聽。一邊說故事，還能一邊從故事中找尋跟生活有關的元素，繼續編出屬於您跟孩子的另一個樹屋故事。

—— 吳碩禹（中原大學應用外語系助理教授 《我的遜咖日記單字本》作者）

這種挑戰現實理解的角色安排，其實對作者是絕大的考驗。說是考驗，更確切的說，應該是假設如果我是作者，絕對會是個考驗！但對這本書的作者來說，根本就是潛在他血液裡不按常理出牌的天生調皮，就像許多看似令大人頭痛的孩子，骨子裡的創意總有出乎意料的驚喜一樣。

──陳櫻慧（童書作家暨親子共讀推廣講師／思多力親子成長團隊暨網站召集人）

....

「瘋狂樹屋」系列也可以是父母的啟蒙練習書：學習著放下大人的思考邏輯、學習著不帶批判評價、學習著「無所為而為」的生活片刻，能和孩子們一起享受遊戲，才能真正進入孩子的內心世界。

──羅怡君（親職溝通作家）

....

傑夫‧金尼和戴夫‧皮爾奇的書迷會被這本系列首部曲吸引目光⋯⋯闔家同樂⋯⋯你知道嗎？這本書會是樹屋裡的好讀本。　　　　　──〈書單雜誌〉

....

喜愛傑夫‧金尼的《遜咖日記》系列和林肯‧皮爾士的《大頭尼》系列的書迷一定會被這本書迷住，孩子的爸媽也會欣賞書中一點也不冷嘲熱諷的幽默趣味。

──〈學校圖書館學報〉

....

長期合作的格里菲斯和丹頓在他們的新書（首版於澳洲發行）運用後設手法書寫，造就了荒唐到無法無天的最高境界。安迪和泰瑞兩個年輕哥倆好在孩童夢想的樹屋裡一起生活，不僅有保齡球球道、鯊魚水槽、擺盪的藤蔓、還有地下實驗室。

──〈出版人週刊〉